그해, 4월

열네 살

우리가 만난

4.19 이야기

정명섭 지음

그해, 4월

차례

1장

어머니 전상서

어머니, 따뜻한 봄날입니다. 저는 어느덧 중학생이 되었습니다. 친척 어르신들이 여자아이를 중학교까지 공부시킬 필요가 있느냐면서 공장에 보내거나 식모로 보내라고 하신 것 알고 있습니다. 그런데도 비싼 학비를 들여서 저를 중학교에 보내주셔서 너무나 감사드립니다. 많이 부족하지만 열심히 공부하고 즐거운 학창 생활을 보내도록 하겠습니다.

저의 꿈은 아버지의 출판사에서 일하는 것입니다. 지난번에 아버지에게 제 꿈을 말씀드렸더니 출판사에서 일하려면 책도 많이 읽어야 하고 문학도 잘 이해해야 한다고 하셨습니다. 그리고 세상을 알아야 한다고도 하셨습니다. 그래서 학교 공부도 열심히 하면서 책도 틈틈이 읽기로 했습니다. 나중에 커서 부모님께 효도하는 딸이 되겠습니다.

그리고 지난번에 저녁을 먹으면서 버릇없이 굴었던 일을 사과 드립니다. 제4대 대통령 선거에 출마한 조병옥 박사가 신병 치료를 위해 미국에 갔다가 수술을 받고 갑작스럽게 사망한 일로 인해 제가 너무나 큰 충격을 받았던 것 같습니다. 분명히 큰 수술이 아니라고 했는데 갑자기 돌아가시다니, 이전에 신익희 선생님께서도 대통령 선거 유세 때 돌아가신 것이 기억나서 더 큰 충격을 받았습니다. 그래서 아버지가 이 나라의 민주주의가 위기라는 말씀을 하셨을 때 크게 동조하였던 것입니다.

어머니께서 세상일에 너무 관심을 갖지 말라고 하셨지요? 무슨 뜻인지 너무나 잘 알고 있습니다. 부녀자가 너무 아는 척을 하면 안 되는 세상이라서 걱정되는 마음에 그런 말을 하셨던 거겠죠. 저를 위한 말씀이라는 걸 잘 알고 있습니다. 그냥 그렇게 생각하고 넘어갔어야 했는데 감정이 격해진 나머지 계속 목소리를 높여서 어머니의 마음을 상하게 했습니다. 너무나 죄송한 마음에 엎드려 사죄를 드립니다. 앞으로 더욱더 성숙한 자세로 살면서 어머니의 마음을 헤아리도록 노력하겠습니다.

어머니! 이제 봄입니다. 날씨가 따뜻해지면서 꽃이 피고 있습니다. 제 마음도 왠지 포근해집니다. 학교생활도 열심히 하고 선생님 말씀도 잘 듣는 학생이 되겠습니다. 어머니께 심려를 끼쳐드린 점, 다시 머리 숙여 사죄드립니다. 어머니 앞에서 무릎 꿇고 엎드려 사죄드려야 하지만 차마 부끄럽고 면목이 없어서 재봉틀 옆에 편지를 두고 갑니다.

어머니의 딸 윤향이가

"여기 국밥 하나 주세요."

허종이 미닫이문을 드르륵 열고 식당 안에 들어가 외쳤다. 앞치마를 두르고 가마솥 앞에 앉아 있던 주인아주머니가 힘겹게 일어났다. 빈자리로 간 허종은 테이블 모서리에 카메라를 조심스럽게 내려놓고 한숨을 쉬었다. 〈부산일보〉의 마산 주재 기자인 그는 3월 15일에 실종된 김주열 군을 찾으며 마산 시내를 헤매던 어머니 권찬주 여사를 도우면서 취재를 하고 있었다.

어머니는 실종된 아들을 찾느라 마산 시내를 20일 넘게 돌아다녔다. 자식 잃은 어머니를 딱하게 여긴 마산 시민들이 자기 일처럼 도와주었지만 끝끝내 김주열은 모습을 드러내지 않았다.

남원에서 태어난 김주열은 마산상업고등학교에 원서를 넣고 시험을 쳤다. 합격자 발표는 3월 14일이었지만 하필 그날이 선거 전날이라 발표는 16일로 미뤄졌다. 합격자 발표를 보기 위해 마산에 왔던 김주열은 발표가 뒤로 미뤄지자 형인 김광열과 함께 마산에 남았다. 남원에서 마산까지 오가려면 꼬박 하루가 걸렸기 때문이다. 그러다가 3월 15일 부정선거 규탄 시위가 열리자 형과 함께 나갔다가 혼자만 돌아오지 못했다.

김주열의 실종 기간이 길어지면서 마산 일대에는 이상한 풍문이 돌았다. 경찰이 시위를 하던 김주열을 죽이고 마산 시청 뒤쪽의 연못에 버렸다는 풍문이었다. 사람들은 연못의 물을 퍼내고 바닥을 살펴봤지만 시신은 나오지 않았다. 그 와중에 권찬주 여사는 남편이 위독하다는 소식을 듣고는 일단 남원으로 돌아가기로 했다.

3월 15일 부정선거에 항의하는 시위는 진정되었지만 정부는 잘못을 인정하기는커녕 변명과 거짓말만 늘어놓았다. 부정선거를 자행하고 부통령으로 당선된 이기붕은 잘못을 반성하기는커녕 "총은 쏘라고 준 거지, 가지고 있으라고 준 게 아니다"라는 망언을 했다. 대통령 이승만 역시 외신과의 회견에서 마산 시위를 일부 민주당 지지자들의 소행으로 몰아가면서 부정선거는 결단코 없었다는 뻔뻔한 거짓말을 했다. 현장에서 부정선거를 직접 목격하고 항의 시위를 했던 마산 시민들에게는 모욕이나 다름없었다.

그나마 정부에서 조치한 것이라고는 최인규 내무부 장관을 홍진기 법무부 장관으로 교체한 것뿐이었다. 하지만 홍진기 신임 내무부 장관 역시 전임자와 다를 게 없었다. 그는 마산에서 벌어진 부정선거 항의 시위를 공산당이 주도한 것으로 몰아붙이고는 잘 수습되었다는 식으로 거짓말을 일삼았다. 그리고 부정선거를 폭로한 정남규 도의원에게 공산주의자라는 누명을 씌워서 체포했다. 이런 움직임은 그의 지지자들까지 모두 공산주의자로 몰아가는 것이나 다름없었다.

허종은 국밥을 기다리며 분노를 삭였다. 그때 옆자리에 앉은 손님들의 대화가 들렸다.

"자네 신문 봤어?"

모자를 쓴 손님의 말에 맞은편에 앉은 다른 손님이 물었다.

"뭐라도 났어?"

"지난번에 내가 말한 거 있잖아. 경찰서를 방화한 청년이 체포되었다고 말이야."

"기억나. 6·25때 공산당에 부역했었다고 했지?"

상대방의 말에 모자 쓴 손님이 코웃음을 쳤다.

"그런데 말이야, 체포된 청년의 나이가 스물두 살이래."

"아니, 그러면 6·25때 열두 살이었던 거잖아. 그런 꼬맹이가 무슨……."

상대방은 어이가 없는지 말을 끝맺지 못했다. 그러자 모자 쓴 손님이 말했다.

"기자가 그걸 캐물으니까 경찰이 범인의 나이를 서른둘로 올렸다더군."

모자 쓴 사람이 기막히다는 표정을 지었다. 그러자 상대방이 대꾸했다.

"거, 나이가 고무줄도 아니고 어떻게 열 살이나 늘어나나? 진짜 경찰들 너무하네."

투덜거리던 둘은 가게 안의 다른 손님들 눈치를 보더니 잠자코 국밥을 먹기 시작했다. 두 사람의 대화를 조용히 듣던 허종은 잠시 후에 주인아주머니가 들고 나온 국밥을 먹기 위해 숟가락을 들었다.

허종이 첫술을 뜨려는 순간, 아까 그가 들어왔던 문이 거칠게 열렸다. 안으로 들어선 것은 치마저고리 차림의 중년 여성이었다. 그녀의 얼굴은 파랗게 질려 있었다. 허종은 심상치 않다는 생각에 잠자코 그녀를 바라봤다. 그녀는 주방에서 깍두기를 담던 주인아주머니에게 다급히 손짓했다.

"언니, 큰일 났어."

"무슨 큰일?"

주인아주머니의 반문에 그녀가 한숨과 함께 깜짝 놀랄 만한 얘기를 했다.

"중앙부두에서 낚시꾼이 시신을 발견했나 봐. 머리에 이만한 최루탄이 박혀 있더래."

놀란 주인아주머니가 정말이냐고 묻자 중년 여성이 발을 동동 구르며 대꾸했다.

"진짜래. 교복 차림인 걸 보면 학생 같던데, 불쌍해서 어째."

그 말을 들은 허종은 저도 모르게 중얼거렸다.

"김주열?"

황급히 일어난 그는 국밥 옆에 돈을 놓고는 카메라를 들고 밖으로 나왔다. 그리고 중앙부두 방향으로 냅다 뛰기 시작했다. 거리에는 소문을 듣고 부두 쪽으로 향하는 시민들의 모습이 보였다. 허종은 경찰이 오기 전에 먼저 도착해야 한다는 생각에 쉬지 않고 뛰었다.

다행스럽게도 부두에는 경찰차나 구급차가 보이지 않았다. 대신 소문을 듣고 몰려온 마산 시민들이 가득했다. 허종은 숨을 헐떡이며 외쳤다.

"기자입니다, 기자! 비켜주세요."

그 말을 들은 마산 시민들은 그가 사진을 찍을 수 있게 좌우로 물러났다. 부둣가 끝에 도착한 허종은 카메라를 들다가 끔찍한 시신의 모습에 잠시 멈칫했다. 짧은 머리에 교복 차림인 시신은 얼굴에 큼지막한 최루탄이 박혀 있었다. 물속에 오랫동안 있었는지 머리와 팔이 퉁퉁 붓긴 했지만 형체를 알아볼 수 있었다. 허종이 카메라로 시신을 정신없이 찍는데 주변에서 목소리들이 들려왔다.

"저 머리 봐. 학생인 것 같은데."

"얼굴에 최루탄이 박혀 있네. 남원에서 왔다는 김주열 학생 아니야?"

"그런데 물속에 한 달 가까이 있었는데 멀쩡하네?"

"물이 차가워서 부패하지 않은 거지. 경찰들은 죽은 게 아니라고 하더니, 다 거짓말이었어."

"다른 실종자들도 이렇게 시신으로 버려진 것 아닐까?"

사람들의 목소리는 점점 격앙되고 높아졌다. 허종은 김주열로 보이는 시신의 사진을 찍으면서 속으로 눈물을 흘렸다.

"하필이면 어머니가 가시고 몇 시간 만에 떠오른 거니."

허종이 안타까운 마음에 중얼거리는데 멀리서 경찰이 온다는 외침이 들렸다. 허종은 서둘러 카메라를 감추고 옆으로 물러났다. 시민들이 허종을 숨겨주었다. 호루라기 소리와 함께 도착한 경찰들은 사람들에게 물러나라고 외쳤다. 흥분한 마산 시민 한 명이 외쳤다.

"죽지 않았다며! 저 어린 학생이 무슨 죄가 있다고!"

"어머니가 마산 시내를 미친 사람처럼 헤매고 다녔는데 끝까지 모른 척을 해?"

"경찰들이 죽였어! 경찰들이!"

분위기가 점점 험악해지자 경찰들은 호루라기를 불면서 시민들을 밀어냈다. 그 와중에 인부 몇 명이 부둣가로 내려가서 최루탄이 박힌 시신을 꺼내 트럭에 실었다. 뒤로 물러나 있던 허종은 트럭 운전수에게 슬쩍 물었다.

"어디로 갑니까?"

경찰의 눈치를 살피던 트럭 운전수가 대답했다.

"도립마산병원이요."

트럭이 먼지를 날리며 떠나자 시민들이 아우성을 치며 따라갔다.

경찰들과 사람들이 떠난 부두는 삽시간에 고요해졌다. 허종은 숨겨뒀던 카메라를 꺼내서 만지작거렸다.

'얼른 사진을 현상해서 〈부산일보〉에 보내야겠어.'

허종은 구슬프게 우는 갈매기를 뒤로한 채 부두를 떠났다.

허종은 〈부산일보〉에 사진과 기사를 보내고는 김주열의 시신이 안치된 도립마산병원으로 향했다. 그곳에는 이미 소문을 듣고 몰려온 마산 시민들이 가득했다. 한 달 전의 시위 당시 실종된 학생이 처참한 모습으로 부두에 떠올랐다는 소식에 다들 분노한 모습이었다. 노인 한 명이 영안실을 지키던 경찰관에게 우리가 빨갱이냐고 호통을 쳤다. 팔에 갈고리를 단 상이군인도 내가 이런 꼴을 보려고 나라를 위해 목숨을 바친 것이냐고 분개했다.

때마침 들이닥친 학생들이 용광로처럼 들끓던 시민들의 분노에 불을 붙였다. 병원에서 시위를 벌이려다가 경찰들에게 밀려난 학생들은 〈애국가〉와 〈통일 행진곡〉을 부르면서 북마산 쪽으로 움직였다. 소식을 듣고 몰려온 시민들이 합세하면서 시위대는 삽시간에 수천 명으로 늘어났다.

허종은 그들을 따라다니면서 중간중간 사진을 찍었다. 역사가 바뀌는 순간이라는 생각과 기자로서의 사명감이 허종을 움직였다. 북마산으로 향하던 시위대의 첫 번째 목표는 마산 경찰서였다. 시위대는 경찰서를 둘러싸고는 발포한 경찰관을 내놓으라고 외치고, 죽은 시민들을 살려내라고 소리쳤다. 하지만 경찰서 안에서는 아무런 반응도 없었다. 격분한 시민들은 경찰서 유리창에 돌을 던졌다. 그리고 담장을 넘거나 문을 통해 안으로 들어가서 뜰에 주차된 트럭에 큰 돌을 던지고 그 옆에 있는 지프차에 불을 질렀다. 그 순간, 경찰서 안에서 총소리가 들려왔다. 총에 맞은 청년들이 쓰러지는 모습에 시민들은 더욱 흥분해서 경찰서까지 태워버렸다.

그 자리에서 벗어난 허종은 다른 시위대를 찾아 나섰다. 장군동 일대의 시위대는 자유당 소속 민의원 허윤수의 집에 몰려가서 유리창에 돌을 던져 깨뜨렸다. 그러고도 분이 풀리지 않은 시위대는 담장을 넘어가서 장독대를 박살냈다. 지난달의 시위와는 달리 흥분한 시위대는 과격해졌다. 경찰도 겁을 먹었는지 제대로 대응하지 못했다. 인근 서성동에 있는 박영두 마산시장의 집도 무사하지 못했다. 그리고 마산 시위를 제대로 보도하지 않은 〈서울신문〉 마산지국 사옥도 시위대의 손에 박살이 났다. 해가 떨어질 무렵 시위대는 구마산에 모였다. 끊임없이 몰려드는 시위대를 보면서 허종이 중얼거렸다.

"마산 사람들이 다 나왔나 보네."

수만 명은 되어 보이는 시위대는 마산 시내를 휩쓸면서 시위를 벌였다. 지난달 시위가 공산당의 사주와 조종으로 일어난 것이라는 비난을 받은 데다가 최루탄에 맞아 죽은 어린 학생의 시신까지 발견되자 분노가 폭발한 것이다. 시위대는 어린 학생의 죽음을 은폐하기 위해 시신을 물에 빠뜨린 것이라는 의심까지 하고 있었다. 허종은 〈마산일보〉 사옥 앞에서 벌어지는 시위를 지켜보다가 누군가가 외치는 소리를 들었다.

"경찰들이 마산으로 오고 있답니다. 우리가 가서 막읍시다."

흥분한 군중이 마산역 인근 산호동 쪽으로 몰려갔다. 허종도 호기심에 그들을 따라갔다. 시위대는 통나무와 돌을 끌어다가 큰길을 막아버렸다. 잠시 후 경찰들을 태운 트럭들이 나타났지만 길을 막은 장애물들 때문에 더는 움직이지 못하고 멈춰버렸다. 시위대는 주먹을 치켜들고는 "살인 경찰 물러가라"는 구호를 외쳤다. 트럭과 지프에서 내린 경찰들은 시위대의 살벌한 분위기에 어찌 할 바를 몰랐다. 밤이 깊어질수록 오히려 시위대는 늘어났다. 그들은 한 발도 물러나지 않았다. 그리고 누군가 외쳤다.

"우리가 물러나면 마산 시민들이 다 죽을 수 있습니다. 목숨 걸고 이곳을 지킵시다."

팽팽하고 살벌한 대치가 이어지는 가운데 경찰 쪽에서 제복을 입은 누군가가 걸어왔다. 무장을 하지 않았음을 보여주기 위해 그는 두 손바닥을 내밀어 보이고는 바리케이드 가까이 다가왔다. 그리고 외쳤다.

"나는 경남도경 경비과장이다. 시위대 대표들과 이야기를 나누고 싶어서 왔다."

그 말에 시위대는 모여서 얘기를 나눴다. 일단 대표들을 뽑아서 얘기를 나눠보자는 의견이 많았다. 시위대 가운데에서 몇 명이 뽑혔다. 허종은 기자라는 신분을 밝히고 그들을 따라갔다. 시위대 대표들이 다가오자 경비과장은 자신의 이름을 밝히고 요구 조건을 물었다. 안경 쓴 젊은이가 말했다.

"지금 마산 시민들을 다 죽이려는 거 아닙니까?"

"우리 경찰들은 모두 300명 정도입니다. 치안을 유지하라는 명령을 받았을 뿐, 시위대를 체포하라는 명령은 없었습니다."

경비과장의 말에 분위기는 다소 누그러졌다. 대표자들은 얘기를 몇 마디 나누었고 안경 쓴 젊은이가 대표로 말했다.

"우리 요구 조건은 다음과 같습니다. 첫째, 시위를 벌였다는 이유로 단 한 사람도 체포하지 말 것. 둘째, 사망자와 부상자를 철저하게 밝힐 것. 셋째, 사후 대책을 강구할 것."

그의 말을 들은 경비과장은 경남경찰국에서 절대로 발포하지 말라는 엄중한 명령이 내려왔다고 했다. 그러면서 시위대가 과격하게 굴지 않는 이상 발포할 생각은 전혀 없다고 거듭 강조했다. 그 말을 들은 대표들은 알겠다면서 돌아갔다. 이 모습을 지켜보던 허종은 사진을 찍기 위해 카메라를 꺼내 들었다. 하지만 이미 너무 어두워서 사진이 찍히지 않을 것 같았다. 경비과장이 허종을 쳐다보다가 말을 걸었다.

"기자십니까?"

"네, 〈부산일보〉 마산 주재원 허종입니다."

그가 신분을 밝히자 경비과장은 시위대로 돌아가는 대표들을 힐끔 보면서 물었다.

"상황이 어떻습니까? 기자로서 솔직히 말씀해주십시오."

"아까 부두에서 김주열 군의 시신이 발견되었습니다. 정확하게는 떠올랐죠."

"저도 들었습니다. 제 아들도 딱 그 나이대라 남의 일 같지 않습니다."

안타까워하는 경비과장에게 허종이 말했다.

"시민들이 대단히 분노하고 있습니다. 아까 마산경찰서에서도 총격이 있었고요."

"저도 들었습니다. 어쨌든 최선을 다해 시민들을 진정시키 겠습니다. 기자님도 기사를 잘 써주시기 바랍니다."

허종은 보고 들은 대로 쓰겠다고 대답했다. 그사이에 시민들이 대표들의 얘기에 수긍했는지 길을 막았던 통나무와 돌들을 치웠다. 그러자 경비과장은 지프차로 돌아갔다. 허종이 옆으로 물러나자 경비과장은 지프에서 인사를 하고는 그대로 지나갔다. 허종도 가볍게 고개를 끄덕거렸다. 해가 떨어지면서 시위는 차츰 가라앉았다. 산호동에서 마산경찰서까지 걸어간 허종은 경찰서에 체포되었던 시민들이 풀려나는 걸 봤다. 시위대는 풀려난 시민들을 둘러싸고는 만세를 외쳤다. 그리고 각자 흩어지면서 그날의 시위는 막을 내렸다. 허종도 발걸음을 돌렸다. 그런데 시위대 사이에서 누군가가 중얼거리는 소리가 들려왔다.

"서울에서는 우리가 이렇게 목숨 걸고 시위를 한다는 걸 알까?"

"알지 않겠느냐"는 대답이 오가는 가운데 허종은 무심코 서울 방향을 바라봤다. 어둠이 짙게 깔린 하늘 위로 4월의 별들이 작은 빛을 내며 반짝거렸다.

3장

화창한 봄의 교정, 그러나 흉흉한 소문

_4월 14일 한성여중

"벚꽃이 예쁘게 피었네."

한성여중으로 걸어가던 윤향이는 길가에 핀 벚꽃을 보고 잠시 걸음을 멈췄다. 새학기가 시작되면서 등교하는 여학생들의 왁자지껄한 웃음소리가 들렸다. 교문이 있는 야트막한 오르막길 앞에서는 드럼통 위에 올라선 교통 경찰관이 호루라기를 불며 차들에 수신호를 보내고 있었다. 그 앞을 지저분한 옷차림의 마부가 우마차를 끌고 지나갔다. 고삐를 쥐지 않은 마부의 손에 손가락 대신 갈고리가 달려 있었다. 윤향이는 조심스럽게 갈고리에서 시선을 돌렸다.

전쟁은 7년 전에 끝났지만 아직도 곳곳에 전쟁의 기억과 상처가 남아 있었다. 특히 학교를 오가다가 마주치는 수많은 상이용사를 보면서 윤향이는 전쟁의 아픔을 뼈저리게 느꼈다. 우마차가 지나간 뒤에 윤향이는 교문을 향해 오르막길을 올라갔다. 교과서와 도시락이 든 가방이 더욱 묵직하게 느껴졌다.

교문까지 이어지는 오르막길은 등교 중인 학생들로 와글와글했다. 오후 하교 시간이 되면 이 길에 떡볶이와 달고나를 파는 좌판들이 주르륵 늘어설 것이다. 주로 몸뻬를 입고 머리에 수건을 두른 아주머니들이 하는 좌판이었다. 치열하게 살아가는 아주머니들을 보면서, 곳곳에서 마주치는 상이용사들을 보면서 윤향이는 아직도 전쟁이 끝나지 않았다고 느꼈다.

이런저런 생각에 잠겼던 윤향이는 마침내 교문 안으로 들어섰다. 운동장 너머로 2층짜리 벽돌 건물이 보였다. 열린 교실 창문을 통해 먼저 등교한 친구들의 웃음소리가 들렸다.

윤향이는 교실 뒷문을 열고 안으로 들어가서 창가 자리로 갔다. 그러고는 책상 위에 가방을 올려놓고 의자에 앉아 웅성거리는 반 친구들을 물끄러미 바라봤다. 교복 차림으로 교실에 앉아 있다는 사실이 믿기지 않았던 것이다. 애초에 국민학교를 졸업한 것만 해도 감지덕지해야 할 처지였다. 어려운 집안 형편에 여자가 국민학교를 졸업하면 그만이지, 무슨 중학교까지 보내느냐는 친척들의 손가락질도 있었다. 그래도 아버지는 하나밖에 없는 외동딸을 공부시키겠다고 버텼다. 그 덕분에 윤향이는 시험을 치르고 한성여중에 입학했다.

출판사를 운영하는 윤향이의 아버지는 불의를 참지 않았다. 일제강점기에 독립 운동을 하다가 돌아가신 할아버지의 불같은 성격을 그대로 이어받았던 것이다. 그래서 최근 선거를 앞두고 통장이 막걸리와 고무신을 들고 집에 찾아왔을 때도 아버지는 삿대질을 하며 쫓아냈었다. 이런 성격 덕분에 딸을 공부시키지 말라는 친척들의 말도 무시할 수 있었던 것이다.

하지만 윤향이는 어렵게 중학교에 입학하고도 친구를 사귀지 못했다. 월요일에 등교하면 아이들은 주말에 친구랑 대한극장에서 영화를 봤다든가, 부모와 함께 자동차를 타고 세검정을 구경했다든가, 과수원에서 놀다 왔다고 신나게 자랑했다. 가난한 윤향이는 거리감을 느낄 수밖에 없었다.

그나마 말이라도 붙여본 것은 수원에서 온 지숙이뿐이었다. 지숙이는 자신이 살던 곳이 아니어서 그런지 좀처럼 학교에 적응하지 못했다. 지숙이의 취미는 신문 읽기였다. 그래서 다른 아이들이 주말에 본 영화나 놀러 간 곳에 대해 얘기할 때 지숙이는 신문 기사에 대해 얘기했다. 국내 정치는 물론이고 해외 소식이나 소소한 사건 사고들도 빠짐없이 얘기하는 바람에 지숙이의 별명은 걸어 다니는 라디오였다. 지숙이는 윤향이가 모르는 이야기들을 들려주곤 했다.

윤향이가 창밖을 내다보는데 갑자기 교실 뒷문이 거칠게 열렸다. 시끄러운 문소리에 다들 뒤를 돌아보았다. 소동의 주인공은 지숙이였다. 한 손에 신문을 든 지숙이가 윤향이 옆자리에 헐레벌떡 앉았다.

"큰일 났어."

"무슨 큰일?"

심드렁하게 대꾸하는 윤향이에게 지숙이가 신문을 펼쳐 보였다.

"지난달 마산에서 시위가 벌어졌을 때 실종된 학생이 있다

34

고 했잖아. 기억나?"

지숙이의 물음에 윤향이는 한쪽 눈을 찡그리고는 기억을 더듬었다. 곧 누군지 이름이 생각났다.

"김주열이었나? 마산상고에 입학하려던 남학생?"

"맞아. 며칠 전 마산 앞바다에서 얼굴에 최루탄이 박힌 시신으로 떠올랐대."

"진짜?"

놀란 윤향이의 물음에 지숙이가 펼쳐진 신문을 짚었다. 거기에는 물에서 막 건진 김주열의 시신 사진이 있었다. 지숙이의 말대로 시신의 얼굴 한복판에 최루탄이 박혀 있었다. 윤향이는 얼굴을 찌푸리며 얼른 고개를 돌렸다. 너무 끔찍해서 계속 볼 수가 없었다. 흥분한 지숙이는 계속 말을 이었다.

"시신에 돌을 묶어 바다에 던졌는데 끈이 풀리면서 시신이 떠올랐나 봐. 이것 때문에 마산은 온통 난리가 났대."

"지난달에 시위가 크게 벌어지지 않았어?"

윤향이의 물음에 지숙이가 대답했다.

"그거랑은 비교할 수 없을 정도래. 시신이 발견된 11일부터 어제까지 하루 종일 시위가 벌어졌나 봐. 경찰은 공포탄까지 쏘면서 만 명 넘는 시위대를 겨우 막았대."

"지난달 시위 때 사람이 많이 죽었다고 신문에 나왔잖아. 학생들까지 포함해서 말이야."

신문과 라디오에서는 공산주의자들의 선동 때문에 시위가 벌어졌다고 했지만 윤향이는 믿지 않았다. 무엇보다 아버지를 비롯해 주변의 민심이 너무 명확했기 때문이다. 생각에 잠긴 윤향이에게 지숙이가 말했다.

"누군가가 김주열 어머니한테 아들 시신이 도청 앞 연못에 버려졌다고 해서 사람들이 거기 물을 다 퍼내기도 했잖아."

윤향이는 지숙이의 말을 들으면서 신문을 다시 힐끔 바라봤다. 무섭고 끔찍해서 사진을 다시 보고 싶지 않았다. 죽은 학생과는 일면식도 없었지만 그래도 너무 불쌍하고 안타깝다는 생각이 들었다.

"고등학교 1학년이면 우리보다 세 살 많은 거잖아. 죽기에는 너무 어려."

윤향이의 말에 지숙이가 얼굴을 찡그렸다.

"총알이나 최루탄이 나이를 가리겠어? 진짜 너무하잖아. 부정선거를 규탄하는 시위를 했다고 이렇게 사람을 죽이고 시신까지 숨기다니."

홍분한 지숙이가 이렇게 떠드는 사이에 교실 앞문이 열리더니 담임선생님이 들어왔다. 하이칼라 셔츠에 포마드를 바른 머리는 정확하게 5대5로 나뉘어 있어서 윤향이를 비롯한 반 아이들은 담임선생님을 반반이라고 불렀다. 심각한 표정으로 들어선 반반이 선생님은 굵직한 몽둥이를 교탁에 올려놓고는 교실에 있는 학생들을 쭉 둘러보았다. 그리고 깊은 한숨과 함께 입을 열었다.

"최근 선거와 관련해서 소란스러운 일들이 벌어지고 있는 건 너희도 알지?"

몇몇 아이가 힘없이 "네"라고 대답했다. 반반이 선생님도 딱히 대답을 기다리진 않았는지, 평소 같으면 목소리가 작다고 화를 냈을 테지만 이번에는 그냥 넘어갔다. 포마드 바른 머리를 조심스럽게 만지작거린 반반이 선생님이 말했다.

"학생의 본분은 공부다. 그러니까 쓸데없는 일에 휘말리지 말고 열심히 공부해. 우리는 교문 밖을 쳐다보지 않는다. 따라 해라! 우리는 교문 밖을 쳐다보지 않는다."

반반이 선생님의 갑작스러운 외침에 다들 아까보다는 좀

더 큰 목소리로 말했다.

"우리는 교문 밖을 쳐다보지 않는다."

"더 크게!"

"우리는 교문 밖을 쳐다보지 않는다."

학생들이 악을 쓰자 반반이 선생님의 굳은 표정이 풀어
졌다.

"그래, 명심해라. 다른 학교는 몰라도 우리 학교는 조용해야
하니까."

반반이 선생님이 얘기를 마치고 교실을 나갔다. 그러자 지
숙이가 입을 삐죽 내밀고 투덜거렸다.

"웃기시네. 학생이 죽었는데 어떻게 조용히 하라는 거야. 지
금 마산부터 전국이 난리가 났는데."

이제 다른 아이들도 삼삼오오 모여서 이야기를 나눴다. 영
화 얘기나 하던 평소와는 다른 모습이 낯설었다. 윤향이는 이
런 상황이 무섭기는 했지만 그렇다고 피하거나 외면하고 싶
지는 않았다. 그런 윤향이에게 지숙이가 말했다.

"지금 마산은 난리가 났나 봐. 사람들이 김주열 군 시신을
확인하고는 대대적인 시위를 벌이고 있대. 자유당 마산시 당

사랑 파출소도 몇 군데 불이 났대."

"진짜? 그러다 경찰들이 총을 쏘면 어떡해?"

"안 그래도 사망자가 나왔나 봐. 하지만 그게 대수야?"

지숙이의 목소리가 높아지자 윤향이는 놀란 눈으로 바라봤
다. 다른 친구들도 모두 지숙이를 바라봤다. 지숙이가 이렇게
흥분한 걸 처음 봤기 때문이다. 지숙이가 자신을 쳐다보는 아
이들에게 말했다.

"마산은 지금 피바다가 되었고 우리나라는 민주주의가 무
너지게 생겼는데 한가하게 공부나 할 때야?"

다들 멍하게 지숙이를 바라보는 가운데 수업 시작을 알리
는 종소리가 울렸다. 첫 번째 시간은 더없이 엄격한 사회생활
수업이었기 때문에 다들 얌전하게 책상에 앉았다.

잠시 후 교실 앞문이 드르륵 열리고, 사회생활 선생님이 모
습을 드러냈다. 훈장을 받은 6·25 참전용사이고 백마고지 전
투에서 입은 부상으로 한쪽 다리가 약간 불편했다. 하지만 그
누구도 절름발이라고 놀리지는 못했다. 그랬다가는 지팡이로
머리를 두들겨 맞을 게 뻔했기 때문이다. 선생님의 한쪽 얼굴
에는 수류탄 파편이 남긴 큰 흉터가 있어서 얼굴을 빤히 보는

것도 위험한 일이었다.

지팡이를 짚고 교실에 들어온 선생님은 두꺼운 교과서를 교탁에 내려놓았다. 그러고는 뒤돌아서서 칠판의 상태를 점검했다. 주번은 물론 반 아이들 전체가 조마조마한 심정으로 선생님을 쳐다봤다. 가끔 화가 나면 칠판 당번뿐 아니라 반 전체 아이들에게 화를 내고 정신봉이라는 몽둥이로 손바닥을 때렸기 때문이다. 다행히도 선생님은 별 꼬투리를 잡지 못하고 그대로 아이들을 향해 돌아섰다. 아이들은 소리 없이 안도의 한숨을 내쉬었다. 선생님은 그런 아이들의 모습을 보고는 씩 웃었다.

"자, 오늘은 특별 수업으로 민주주의에 대해서 배우도록 하겠다."

원래 진도와는 상관없는 뜬금없는 주제에 다들 어리둥절해 하는 사이, 사회생활 선생님은 뒤돌아서서 칠판에 한문으로 민주주의라는 글씨를 크게 썼다. 보통 때는 칠판 가득 글씨를 쓰면서 수업을 하기 때문에 글씨를 작게 쓰는 편이었다. 하지만 이번에는 민주주의만으로 칠판이 가득 찼다. 선생님은 분필을 내려놓고 손바닥을 탁탁 털고는 입을 열었다.

"1945년 대한민국은 일본의 지배에서 벗어나 광복을 맞이한다. 그리고 민주주의 제도를 받아들인다. 하지만 무엇이 민주주의인지, 왜 민주주의를 지켜야 하는지에 대해서는 다들 잘 모르는 것 같아서 긴급하게 수업을 하기로 했다."

사회생활 선생님의 설명을 들은 윤항이는 지숙이를 힐끔 바라봤다. 지숙이 역시 같은 생각이라는 듯 고개를 끄덕거렸다. 따로 얘기하지는 않았지만 분명 최근 마산에서 벌어진 시위 때문인 것이 분명했다. 정치적인 문제에 대해서는 일절 얘기하지 않던 선생님이라 더욱 놀랄 만한 일이었다. 학생들이 놀란 눈으로 바라보는 가운데 선생님의 걸걸한 목소리가 이어졌다.

"민주주의란 무엇인가? 민주주의는 국가의 주권이 국민에게 있는 제도를 뜻한다. 안윤항!"

갑자기 이름이 불린 윤항이는 깜짝 놀랐다. 그래서 얼떨결에 "네"라고 대답하고는 엉거주춤 일어났다.

"대한민국 헌법 1조가 무언지 말해봐라."

다행히 윤항이는 얼마 전에 공부를 해둔 탓에 기억이 났다.

"대한민국 헌법 1조 대한민국은 민주공화국이다."

"2조도 알고 있지?"

고개를 끄덕인 윤향이는 차분하게 대답했다.

"대한민국 헌법 2조 대한민국의 주권은 국민에게 있고, 모든 권력은 국민으로부터 나온다."

윤향이의 대답이 만족스러웠는지 선생님은 미소를 띠었다. 그리고 윤향이에게 앉으라고 눈짓하고는 입을 열었다.

"기존의 군주정이나 왕정과는 달리 주권이 국민에게 있기 때문에 정치인들은 국민을 위한 통치를 해야만 한다. 박지숙!"

갑자기 이름이 불린 지숙이가 반사적으로 "네"라고 대답하고는 자리에서 일어났다.

"군주제에서는 누가 통치를 하지?"

"구, 군주가 통치합니다."

평소 같았으면 혼쭐이 났겠지만 선생님은 그냥 넘어갔다.

"맞아. 군주제나 왕정에서는 임금이나 군주가 통치를 한다. 군주나 임금은 투표로 뽑히나?"

"아니요."

아이들이 모두 한목소리로 대답하자 선생님이 다시 물었다.

"군주나 임금은 임기가 있나?"

"없습니다."

"맞아. 그게 바로 두 정치 체제의 구분점이다. 투표로 뽑히지 않고 임기가 없는 통치자가 과연 국민을 위한 통치를 할 생각을 할까?"

선생님의 물음에 아이들은 섣불리 대답하지 못했다. 침묵이 이어지는 가운데 윤향이가 손을 들고 대답했다.

"국민이 우선이 아닐 수도 있습니다."

윤향이의 대답을 들은 선생님이 두툼한 손으로 교탁을 내리쳤다.

"바로 그거야! 그래서 세상은 민주주의 체제로 바뀌고 있고, 우리 역시 광복 이후에 민주주의를 채택하고 있다. 상해 임시정부 시절에 만든 임시헌법에 이미 민주주의를 채택하기로 했으니까 갑작스러운 일은 아니다. 우리는 오래전부터 민주주의를 받아들일 준비를 했다고 봐야 한다."

설명을 이어가던 선생님이 답답한지 셔츠의 제일 윗단추를 풀었다.

"영어로 민주주의를 뜻하는 데모크라시democracy는 그리스어 데모크라티아demokratia에서 유래했다. 데모크라티아는 데모스demos와 크라토스kratos가 합쳐진 말로 국민의 지배를 뜻한다. 국민의 지배가 뭔지 이해하기 위해서는 고대 그리스를 살펴봐야 한다. 고대 그리스의 도시국가들에서는 성인 남성들이 통치자와 주요 관리들을 투표로 직접 선출했다. 그리고 주요한 정책도 투표를 통해 결정했지. 그것을 직접민주주의라고 부른다."

힘을 아끼기 위해 항상 낮은 목소리로 말하던 선생님이 이전과는 달리 기차 화통을 삶아 먹은 것 같은 우렁찬 목소리로 설명을 이어갔다.

"시간이 흘러 근대사회가 되면서 유럽에는 새로운 계급이 등장한다. 바로 부르주아다. 그들은 산업혁명 등을 통해 자본을 모은 계층이지. 아울러 계몽주의 등으로 인해 인권 의식이 싹트면서 인간은 평등한 존재이고, 특정인이나 특정 계층에게만 권력을 부여하는 것은 부당하다는 주장이 제기된다. 근대의 민주주의는 미국 독립과 프랑스 혁명을 통해 정착되어 현대까지 이어져오고 있다. 다만 고대 그리스의 직접민주주의와는 달리 투표를 통해 대표자를 선출하고 그들이 정책을 결정하는 간접민주주의로 변했다. 간접민주주의는 대의민주주의라고도 불리고 현재 대한민국이 채택한 민주주의이기도 하다. 그렇다면 민주주의는 왜 중요할까?"

선생님은 주먹으로 교탁을 내리쳤다. 다들 꿀 먹은 벙어리가 되었다. 항상 일방적인 주입식 교육만 받았기 때문에 쉽게 답하지 못한 것이다. 선생님은 그런 아이들을 답답한 표정으로 바라보다가 마침내 말했다.

"우리는 모두 평등한 인간이기 때문이다. 사람은 태어날 때부터 보호받고 존중받을 권리를 지니고 있다. 그런데 그 권리를 행사하기 위해서는 개개인이 누구에게도 간섭받지 않고 자유롭게 투표할 권리가 필요하다. 그래야 정치인이 개인을 탄압하고 괴롭히지 못할 테니까. 그래서 민주주의는 중요하다. 특히 국가가 발전하고 앞으로 나아가기 위해서는 반드시 민주주의가 정착되어야만 한다. 안 그러면 우리는 일본의 지배를 받은 것처럼 다시 암흑의 시기를 맞이할 것이다."

선생님은 불을 토하듯이 말했다. 윤향이는 조심스럽게 손을 들었다.

"그렇다면 민주주의를 지키기 위해서는 어떻게 해야 합니까?"

교실 안은 질문을 한 윤향이조차 놀랄 정도로 침묵에 잠겼다. 크게 숨을 들이쉰 선생님이 고개를 옆으로 기울인 채 윤향이를 바라봤다.

"저항해야지. 지키기 위해서 말이야."

선생님이 하고 싶은 얘기가 무엇인지 깨달은 윤향이는 빙그레 웃었다. 그러자 선생님은 무뚝뚝한 표정을 풀고 미소를 지었다. 선생님의 미소는 반 전체로 번졌다. 다들 웃는 가운데 선생님은 목소리를 낮추고 수업을 이어갔다. 하품 나던 이전 수업과는 달리 귀를 기울여야 하는 얘기라서 다들 시간 가는 줄도 모르고 집중했다. 그래서 수업을 끝내는 종이 울리는 순간 윤향이와 아이들은 아쉬움의 탄성을 내뱉었다. 그러자 선생님이 화창한 표정으로 말했다.

"너희들을 보니까 이 나라의 장래는 밝다는 확신이 드는구나. 다음에 보자. 이상, 수업 끝."

급장이 일어나서 인사를 했다. 선생님은 호탕하게 웃으면서 지팡이에 의지해 교실을 나갔다.

쉬는 시간이 되자 학교 전체가 바쁘게 움직였다. 급장이 2학년 선배에게 불려갔고, 복도에서 웅성거리는 소리가 멈추지 않았다. 보통 때라면 선생님들이 조용히 하라고 소리를 쳤겠지만 오늘은 아무도 그러지 않았다. 복도에서 떠드는 내용은 대부분 마산에서 학생들이 죽었는데 우리가 그냥 있을 수는 없지 않느냐는 것이었다. 간간이 우리 같은 여학생이 나서서 뭐 하겠느냐는 반대의 목소리가 들렸지만 크게 호응을 얻지는 못했다.

오후가 되면서 소란은 더 커졌고, 온갖 소문이 교실 사이를 떠돌았다. 윤향이도 쉬는 시간마다 지숙이와 함께 얘기를 주고받았다. 그 와중에 지숙이는 3학년 선배들에게 자꾸 불려갔다. 윤향이는 지숙이가 돌아올 때마다 무슨 일이냐고 물었지만 지숙이는 대답 없이 웃기만 했다.

하루 종일 어수선한 가운데 마지막 수업이 끝났다. 다들 종례를 기다리는데 지숙이가 윤향이에게 슬쩍 말했다.

"이따가 교문에서 보자."

"나 청소 당번이야."

"기다릴게. 어차피 선배들 만나야 해."

때마침 담임선생님이 들어오면서 둘의 대화는 끊겼다. 포마드를 바른 선생님의 머리카락이 아침보다 상당히 많이 흐트러져 있었다. 선생님은 오전에 했던 말을 반복하고는 딴 데로 새지 말고 곧장 집으로 가라는 말을 덧붙였다.

종례가 끝나고 가방을 챙긴 지숙이는 "이따 보자"는 말을 하고 뒷문으로 나갔다. 청소 당번인 윤향이는 책상을 뒤로 밀고 칠판지우개를 털었다.

청소를 마친 윤향이는 교문으로 달려갔다. 하지만 지숙이는 보이지 않았다. 윤향이는 교문 주위에서 서성거렸다. 교문 바깥에서는 인부들이 사다리를 타고 올라가 나무 사이에 현수막을 걸고 있었다. 곧 방한할 미국의 아이젠하워 대통령을 환영한다는 내용의 현수막이었다. 선배들에게 불려간 지숙이는 윤향이가 한참 기다린 뒤에야 교문에 나타났다.

"무슨 얘기 나눴어?"

윤향이의 물음에 지숙이가 주변을 돌아보며 조심스럽게 말했다.

"무슨 얘기긴, 우리 학교도 시위를 준비하는 거지."

"시위?"

"3학년 언니들이 앞장선다고 했어. 우리는 뒤따라가는 거고."

"시위대한테 총을 쏜다며?"

윤향이의 조심스러운 물음에 지숙이가 혀를 찼다.

"지금 대한민국이 위기에 처해 있는데 목숨이 문제야?"

둘은 얘기를 나누며 길을 걸었다. 전파사 앞에 사람들이 모여 있었다.

"뭐지?"

"가볼까?"

둘은 곧장 전파사 앞으로 달려갔다. 그리고 사람들 틈을 비집고 안쪽으로 들어갔다. 전파사가 밖에 내놓은 럭키금성의 A501 라디오에서 잡음과 함께 아나운서의 목소리가 들렸다.

다음은 이번 사태에 대해서 이승만 대통령 각하께서 발표하신 특별 담화문입니다. 대통령 각하의 육성으로 들려드리겠습니다.

지직거리는 소리가 좀 더 들리더니 여러 번 들었던 이승만 대통령의 익숙한 목소리가 윤향이의 귀에 들어왔다.

친애하는 국민 여러분, 마산에서 벌어진 작금의 사태에

대해서 설명하고자 특별 담화문을 발표하게 되었습니다.

이후 사람들이 더 몰려들면서 두 사람은 다시 뒤로 밀려났다. 몰려든 사람들이 제각각 한마디씩 하는 바람에 대통령의 목소리가 파묻혀버리고 말았다. 이리저리 밀리던 윤향이가 지숙이에게 말했다.
"이러다가 못 듣겠어."
윤향이는 지숙이와 함께 사람들 사이를 파고들어서 라디오 근처로 다가갔다. 그러자 대통령의 목소리가 똑똑히 들려왔다.

불행히도 우리 사람들 중에 새 정당 제도를 받아들이지 못하고 오직 싸움만으로 결단을 내리려고 하는 세력들이 있습니다. 그래서 여기저기 싸움이 일어나고 사람들이 죽어나가고 있습니다. 그뿐만이 아닙니다. 학교에서 공부하는 아이들을 선동해서 혼동을 불러일으키고 있습니다.

여기저기서 한숨 소리가 터져 나왔다. 나지막하게 욕설을

퍼붓는 사람이 있는가 하면, 주먹을 쥐고 고함을 치는 사람도 있었다. 답답한지 쓰고 있던 밀짚모자를 벗어서 얼굴에 부채질을 하는 젊은 남자도 있었다. 사람들의 답답한 마음을 아는지 모르는지 대통령의 부질없는 담화가 이어졌다.

그래서 대통령인 내가 민심을 안정시켜서 모든 사람들이 다 안심할 수 있도록 엄정하게 법률을 적용할 예정입니다. 그러니 국민들은 모든 불법행위를 중단하고 나와 정부를 믿어주시기 바랍니다. 그리고 이번 난동의 배후에 공산당이 있다는 혐의도 있어서 지금 조사 중입니다. 이런 난동과 혼란은 결국 공산당을 이롭게 하기 때문에 극히 조심해야 할 문제입니다. 경찰에서 이 문제를 철저히 조사해서 혼란을 가라앉힐 것이며, 지방에서도 경찰이 질서 유지를 위해 노력할 것입니다.

이 대통령이 공산당을 언급하는 순간 분위기는 극도로 험악해졌다. 혹시나 사람들이 값비싼 라디오를 부술까 봐 전파사 주인이 얼른 라디오를 끄고 안으로 가져갔다. 그러자 사람들은 제각각 가슴에 남아 있는 얘기들을 토해냈다.

"노망이 단단히 들었어. 아주 단단히."

"아니, 여기서 빨갱이가 왜 나와?"

"조병옥 박사님이 하필 이때 돌아가셔서……."

"학생들이 그렇게 죽었는데 누구에게도 잘못이 없다고?"

"진짜 끝장을 봐야겠어. 진짜로 말이야."

분위기가 험악해지는 와중에 윤향이가 지숙이에게 말했다.

"왜 잘못했다고 인정하지 않는 거지?"

"그러게, 우리한테는 맨날 잘못하면 사과하라고 하더니 정작 어른들은 모르는 척하네."

둘이 얘기를 주고받는 사이 뒤쪽에서 날카로운 호각 소리가 들렸다. 한 무리의 경찰이 호루라기를 불면서 돌아다니고 있었다. 손에는 곤봉을 들고 있었는데 몇 명은 등에 카빈 소총을 메고 있어서 분위기가 더없이 험악했다. 경찰관 중 한 명이 전파사 앞에 모인 군중에게 소리쳤다.

"왜 이렇게 모여 있어? 어서 집에 안 가?"

다들 화가 났지만 경찰들의 위세에 눌려 뿔뿔이 흩어졌다. 지숙이와 윤향이도 일단 자리를 피하기로 하고는 성냥과 고무신을 파는 가게가 있는 골목길로 들어갔다. 널빤지로 만든 가게 벽에는 '쥐는 살찌고 사람은 굶는다'라는 글귀가 적힌 쥐잡기 독려 포스터가 붙어 있었다. 잠시 후 경찰 마크가 붙은 대형 트럭이 맹렬한 기세로 지나갔다. 그걸 본 사람들은 불안한 표정으로 골목길로 숨어들었다. 골목길에 숨어 있던 윤향이가 중얼거렸다.

"곧 태풍이 불 것 같네."

그러자 지숙이가 물었다.

"태풍이 불면 넌 어떻게 할 거니?"

"맞서 싸워야지."

당연하다는 듯 얘기한 윤향이에게 지숙이가 말했다.

"같이 맞서 싸우자."

지숙이와 헤어져서 집으로 돌아온 윤향이는 재봉틀에 앉아서 옷을 만드는 어머니에게 다녀왔다고 인사를 했다. 부지런한 어머니는 시간이 날 때마다 재봉틀에서 옷을 만들어 팔거나 아니면 수선을 했다. 어머니의 솜씨가 좋아서 옷을 만들어달라거나 수선해달라는 이웃이 많았다. 그래서 어머니는 항상 바빴다. 어머니는 집으로 들어오는 윤향이를 보고는 재봉틀을 멈추고 눈을 비비며 일어났다.

"갔다 왔니. 요즘 세상이 어수선하던데 학교는 어때?"

"시위하지 말라는 얘기만 하죠. 아버지는요?"

"금방 오시겠지. 어깨 좀 주물러줄래?"

"네."

가방을 대청에 내려놓은 윤향이는 얼른 어머니 뒤로 가서 어깨를 주물렀다.

"아이고, 시원하다. 그나저나 마산에서는 무슨 일이 일어난 거냐?"

세상일에 관심 많은 어머니의 물음에 윤향이는 아까 학교에서 지숙이와 나눈 얘기를 들려주었다. 어머니의 고향이 경상도라서 그런지 많이 안타까워했다.

"아무리 시위를 해도 그렇지 어린애에게 최루탄을 쏴서 죽이는 게 말이 되냐? 거기다 시신을 물에 버렸다가 떠올랐으니, 부모 마음이 어떨지 상상도 안 가네."

어머니의 넋두리 섞인 한탄을 들으면서 윤향이는 한 번도 얼굴을 보지 못한 김주열을 떠올렸다. 윤향이는 어머니의 어깨를 주무르면서 대화를 나눴다. 지난번에 편지를 쓰고 나서 어머니가 많이 누그러졌고, 덕분에 윤향이는 한숨을 돌릴 수 있었다. 그런데 그때 어머니가 어깨를 주무르는 윤향이의 손을 잡았다.

"분위기가 심상치 않은 것 같던데."

윤향이는 오늘 학교에서 들은 것과 전파사 앞의 라디오에서 들은 대통령의 담화문을 떠올리며 조심스럽게 입을 열었다.

"아무래도 그냥 넘어갈 것 같지 않아요."

전쟁이 끝나고 10년도 지나지 않았기 때문에 나라 곳곳이 여전히 상처투성이였다. 참전용사인 아버지만 해도 가끔 악몽을 꿀 때가 있었다. 그래도 아버지는 전쟁으로 지켜낸 민주주의에 대한 기대감이 컸다. 하지만 어머니는 달랐다. 어머니는 원래 조심성이 많은 성격이었다. 게다가 전쟁 중에 어머니의 아버지가 북한군에 끌려가 그대로 실종되었고 하나밖에 없는 오빠는 북한군에 강제로 끌려갔다가 국군에 항복해 거제도 포로수용소에 갇혔다. 이후 이승만 대통령의 반공 포로 석방 덕분에 어머니의 오빠는 풀려났지만 전쟁터와 포로수용소에서의 아픈 기억 때문인지 내내 앓다가 재작년에 돌아가셨다.

윤향이는 예전에 외삼촌이 살던 용산 해방촌의 오르막길을 올라가던 때를 떠올렸다. 거기에는 북한에서 내려온 피난민들이 사는 다 쓰러져가는 움막집들이 모여 있었다. 외삼촌 가족은 거기에서도 제일 꼭대기에 살았다. 미군 부대에서 가져온 널빤지로 지붕을 덮고는 가짜 담배를 만들어 파는 걸로 생계를 유지했다. 어머니는 자신의 형편 역시 넉넉하지 못해 제대로 도와주지 못한 것을 두고두고 가슴 아파했다.

그런 일을 겪어서인지 어머니는 대체로 이승만 대통령과 정부에 우호적이었다. 당연히 아버지와는 의견 대립이 있었고, 윤향이에게도 세상일에 너무 나서지 말라고 했다. 이번에도 그럴 생각인지 어머니는 윤향이의 두 손을 꼭 잡았다.

"윤향아, 네 마음을 모르는 게 아니란다. 하지만 나라에 불만이 많아도 시위는 좀 다른 문제지. 그러다가 나라가 혼란에 빠지고 북한이 다시 쳐들어오면 어떡할 거니?"

"북한이 쳐들어올까 무서워서 할 일을 안 할 수는 없잖아요."

답답해진 윤향이는 저도 모르게 목소리를 높였다. 그러자 어머니가 간절한 표정으로 말했다.

"너도 전쟁을 겪어봤잖아. 전쟁이 다시 일어나면 모두 죽는 거야. 먹고살기 힘들어서 다들 불만이 많은 건 알겠어. 하지만 전쟁이 끝난 지 몇 년이나 지났다고 그러는 거야? 조금만 참고 열심히 일하면 곧 먹고살 수 있을 거야. 그러니까 제발 쓸데없는 일에 신경 쓰지 말고 우리 가족끼리 잘 지내보자."

어머니의 간절한 표정에 윤향이는 저도 모르게 코끝이 찡해졌다. 그러다 민주주의는 절대 포기할 수 없다는 아버지의 말이 떠올랐다. 윤향이는 그냥 넘어갈 수가 없었다. 어머니에게 뭐라고 반박할까 고민하는 순간 대문이 삐걱거리며 열렸다. 중절모에 양복 차림의 아버지였다. 윤향이는 벌떡 일어나서 인사를 했다.

"아버지 오셨어요!"

아버지의 손에는 기름기가 묻어나는 종이봉투가 있었다. 어머니가 그걸 보고 뭐냐고 물었다. 중절모를 벗은 아버지가 대답했다.

"명동에 작가를 만나러 갔는데 영양 센터라는 곳이 새로 문을 열었더라고. 닭을 전기로 바삭하게 굽는다기에 같이 먹으려고 사 왔지."

"백숙이 아니라 구운 닭이라고요?"

어머니의 물음에 아버지가 종이봉투를 슬쩍 열었다.

"그렇다니까. 맛있는 냄새가 나지 않소? 소금에 찍어 먹으면 된다고 하더이다. 봉투 안에 소금이 있으니까 쟁반만 가지고 오시구려."

어머니가 얼른 부엌에 가서 소반에 쟁반과 작은 종지를 얹어 왔다. 아버지는 쟁반 위에 전기로 구운 닭을 올리고 종지에는 깨가 섞인 소금을 부었다. 어머니는 김이 모락모락 나는 통닭을 보고는 신기하다고 중얼거렸다. 아버지가 조심스럽게 닭다리를 뜯어서 어머니와 윤향이에게 하나씩 건넸다. 어머니가 괜찮다고 했다. 하지만 아버지는 작가와 먹었다면서 어서 먹으라고 손짓했다. 윤향이는 얼른 닭다리를 우물거리며 먹었다. 그 모습을 흐뭇하게 바라보던 아버지가 윤향이에게 물었다.

"오늘 학교는 어땠니?"

윤향이는 어머니의 눈치를 슬쩍 보면서 대답했다.

"마산에서 시위가 벌어졌다면서 쓸데없는 생각 하지 말라고 했어요."

"시위를 하지 말라는 얘기구나."

아버지의 말에 윤향이는 고개를 끄덕였다.

"네. 그런데 사회생활 선생님은 갑자기 민주주의에 대해서 수업을 하셨어요."

"민주주의?"

윤향이는 아까 들은 내용을 전해주었다. 그러자 아버지의 눈빛이 반짝거렸다.

"선생님이 정말 잘 가르쳐주셨구나. 네 생각은 어떠니?"

아버지는 항상 생각하는 게 중요하다면서 윤향이에게 질문을 많이 했다. 그런 아버지의 영향인지 윤향이는 딱 부러지게 의견을 말했다.

"민주주의 국가에서 국민들의 목소리를 억압하는 건 말도 안 돼요. 거기다 어린 학생이 죽었는데 시신을 숨긴 것도 나쁜 짓이고요. 관련자들을 처벌하고 잘못을 사과해야 한다고 생각해요."

윤향이의 대답을 들은 어머니는 몸을 옆으로 돌리고는 한숨을 쉬었다. 미안해진 윤향이가 어머니를 바라보는데 아버지가 물었다.

"그러면 이제 우리는 어떻게 해야 할까?"

아버지의 질문에 윤향이는 아까 지숙이와 나눴던 대화를 떠올렸다.

"저항해야죠. 불의를 참으면 더 큰 불의와 마주치지 않겠어요?"

아버지는 흐뭇한 표정을 지었다. 닭 껍질을 벗기던 어머니가 말했다.

"설마 세상이 바뀌겠어요? 통장이건 누구건 죄다 한통속인데."

"아주 큰 댐도 작은 구멍에 무너지는 법이니까, 며칠 지나면 알겠지."

아버지의 대답에는 여러 가지 뜻이 담겨 있었다. 윤향이는 깊은 생각에 잠겼다.

저녁 식사를 마치고 방으로 돌아온 윤향이는 천장에 매달린 알전구를 켜고는 창가에 붙여놓은 책상에 앉았다. 양반다리를 하고 생각에 잠겼던 윤향이는 서랍을 열어서 편지지 한 장을 꺼냈다. 함께 굴러 나온 몽당연필의 끝을 소형 연필깎이로 몇 번 돌려서 깎았다. 사과 껍질처럼 벗겨진 연필밥을 조심스럽게 털어낸 윤향이는 편지지에 글씨를 적기 시작했다.

사랑하는 어머니에게

매일 뵙는데도 제 방으로 들어오면 바로 어머니의 얼굴이 그리워집니다. 오늘 가족끼리 오순도순 앉아서 닭고기를 먹은 기억은 평생을 갈 듯합니다.

어머니의 말씀을 듣고도 지난번에 자중하겠다고 맹세한 적이 있어서 참아야만 했습니다. 어머니 말씀대로 여자는 떠들거나 나설 수 없는 세상이니까요.

하지만 어머니, 몇 가지 말씀드리고 싶은 게 있습니다.

먼저 이번 일은 단지 먹고살기 힘들어서 벌어진 것이 아닙니다. 마산에서 부정선거에 항의하는 시위가 벌어졌고, 그 과정에서 김주열이라는 학생이 최루탄을 머리에 맞고 사망했습니다. 그리고 한 달 가까이 지나서야 시신이 발견되었죠. 그냥 발견된 것도 아니었습니다. 죽음을 감추기 위해 물속에 숨겼던 시신이 떠오르면서 만행이 드러난 것이었어요. 마산 시민들은 분노할 수

밖에 없었습니다. 시위는 당연한 일이었죠. 어머니는 늘 말씀하셨습니다. 사람은 자고로 도리를 지켜야 하고 사람답게 살아야 한다고. 무도한 자들에 의해 어린 학생이 죽었으니 사람들은 도리를 지키기 위해 일어난 것뿐입니다. 그것을 단순한 분노로만 여기지는 말아주시기를 간곡하게 바랍니다.

민주주의는 우리가 광복 이후 지금까지 전쟁을 치르면서도 지켜낸 가장 중요한 가치입니다. 나라를 지키기 위해 목숨을 바친 분들의 희생을 헛되이 하지 않기 위해서라도 민주주의는 반드시 지켜야 합니다. 사람들이 단지 먹고살기 힘들어서 나서는 것은 아니라는 점을 꼭 말씀드리고 싶었습니다.

어머니! 저녁 식사 때 어머니를 한숨짓게 했던 일은 진심으로 사과드립니다. 어머니를 걱정시켜드려서 죄송합니다. 하지만 저는 대한민국의 자랑스러운 국민으로서 포기하지 않고 저항할 생각입니다.

하지만 어머니 말씀에도 일리가 있으니 앞으로는 좀 더 귀를 기울이도록 하겠습니다. 심려를 끼쳐드려 죄송하다는 말씀 다시 한번 드리며 이만 글을 줄입니다.

몽당연필로 꾹꾹 눌러쓴 편지를 내려다보던 윤향이는 고개를 들어 부엉이가 우는 창밖을 바라봤다. 잠시 후 찹쌀떡과 메밀묵을 파는 고학생의 외침에 부엉이가 화답하듯 우는 소리가 들렸다.

학교에 간 윤향이는 마지막 시간인 사회생활 수업 중에 선생님에게서 놀라운 얘기를 들었다.

"오늘 고려대학교 학생 수천 명이 태평로에 있는 국회의사당까지 행진하면서 시위를 하고 있다는구나. 드디어 대학생들이 교문을 뛰쳐나와 시위에 나선 것이지."

최대한 담담하게 말하려고 노력하는 듯했지만 선생님의 표정과 말투에는 기대감이 엿보였다.

"국회의사당에서 많은 시민과 중고등학생이 합류해서 부정선거를 규탄하는 항의문을 낭독하고 연좌 시위를 벌이고 있을거다."

그 말을 듣자마자 윤향이는 짝인 지숙이를 바라봤고 지숙이 역시 윤향이를 바라봤다. 둘은 눈빛으로 그곳에 가자는 뜻을 주고받았다.

선생님이 수업을 끝내고 나가자마자 교실은 다시 소란스러워졌다. 윤향이는 가방을 챙기면서 지숙이한테 물었다.

"우리 학교는 시위 안 해? 선배들이 시위한다며?"

지숙이가 얼굴을 찌푸리며 대꾸했다.

"경찰이 낌새를 채고 학교를 뻔질나게 드나들고 있대. 교장 선생님이 시위에 나서는 학생들은 전부 퇴학시킨다고 해서 3학년 선배들도 꼼짝 못 하나 봐."

선배들이 시위에 나서면 합류하려고 했던 윤향이는 실망이 컸다.

"대학생은 물론이고 중고등학생까지 모두 나서는 상황인데 여학생이라고 빠질 수는 없잖아."

둘이 얘기를 주고받는 사이 담임인 반반이 선생님이 종례를 하기 위해 교실에 들어왔다. 그리고 곧바로 입을 열었다.

"오늘도 학생 시위가 벌어지고 있다고 한다. 괜히 구경거리 생겼다고 시내에서 얼쩡거리다가 큰일 당할 수도 있으니까 얌전히 집에 들어가라, 알았지?"

몇몇 학생이 힘없는 목소리로 대답했다. 반반이 선생님은 한숨을 쉬고는 급장의 인사도 받지 않고 교실을 나갔다. 교실 문이 닫히자마자 윤향이가 지숙이에게 말했다.

"국회의사당으로 가보자."

"선생님이 가지 말라고 했잖아."

"그래서 안 갈 거야?"

윤향이의 물음에 지숙이가 웃으며 대답했다.

"가야지."

둘은 가방을 들고 교문을 나와서는 혜화동 로터리로 향했다. 그곳에서 전차를 타고 중앙청으로 가보기로 했다. 정류장에서 기다리던 둘은 땡땡 소리와 함께 다가오는 전차를 탔다.

전차는 선로를 따라 느리게 덜컹덜컹 움직였다. 윤향이는 무거운 침묵이 흐르는 전차 안을 조심스럽게 둘러보다가 말없이 창밖을 바라보는 남학생 무리를 발견했다. 윤향이는 잔뜩 긴장한 그들의 표정을 보고는 목적지를 짐작하고 조용히 응원을 보냈다. 윤향이의 시선을 느낀 남학생 한 명이 눈을 깜빡거리며 살짝 고개를 숙였다. 윤향이는 한결 가벼워진 마음으로 창밖을 바라봤다. 많은 사람이 전차가 가는 종로 쪽으로 걷고 있었다. 지숙이가 윤향이에게 속삭였다.

"다 시위하러 가나 봐."

윤향이가 낮은 목소리로 대답했다.

"그러네. 우리처럼."

둘의 대화를 들었는지 전차 밖에서 걷던 사람들이 선거를 다시 하라는 구호를 외쳤다. 둘은 종로4가역에서 내려서 세종로로 가는 본선을 탔다. 하지만 점점 사람들이 늘어나면서 전차 선로로 넘어오기 일쑤인 데다 자동차와 우마차까지 더해지면서 전차의 속도는 더욱더 느려졌다. 결국 둘은 파고다공원앞역에서 내렸다.

파고다공원 안에도 사람이 많았다. 재미있게도 그들은 몇 년 전에 세워진 이승만 대통령의 동상 아래에 모여서 부정선거를 비판하는 목소리를 높였다. 까마득하게 솟은 동상 아래에서 머리를 짧게 깎은 와이셔츠 차림의 청년이 침을 튀기며 말했다.

"힘들게 대학교를 졸업하면 뭐 합니까? 취직하기가 바늘 구멍 들어가는 것보다 더 어려워요. 그런데 많은 돈을 들여자기 동상이나 세우고 국민은 돌보지 않고. 이제는 정말 바꿔야 합니다."

그의 외침에 주변에서 "옳소"라고 호응하는 목소리들이 날카롭게 들려왔다. 흥분한 군중 가운데 한 명이 동상을 올려다보며 소리쳤다.

"이놈의 동상 콱 무너졌으면 좋겠다."

그 말에 다들 웃고 박수를 치는데 누군가가 외쳤다.

"대학생들이 태평로 국회의사당 앞에서 시위를 하고 있답니다. 우리도 힘을 합쳐서 부정선거를 한 자유당을 심판하고 선거를 다시 해야 합니다."

군중은 국회의사당이라는 말을 듣고는 일제히 그곳으로 가자며 파고다공원을 나섰다. 윤향이도 지숙이와 함께 사람들 틈에 끼어 걸었다. 그사이에 사람들은 더 많이 몰려들어서 이제는 길을 가득 메웠다.

둘은 사람들에게 떠밀리다가 파고다공원 옆의 낙원시장 골목길 안에서 숨을 돌렸다. 낙원시장의 상가들도 대부분 문이 닫혀 있었다. 골목길 초입의 나무 전봇대에는 쥐약을 판다는 전단이 붙어 있었다. 골목길 안쪽에는 지난달 15일에 있었던 선거의 포스터가 여전히 붙어 있었다.

자유당 포스터에는 "나라 위한 팔십 평생 합심하여 또 모시자"는 이승만 대통령의 선거 구호와 "이번에는 속지 말고 바로 뽑자"라는 이기붕 부통령 후보의 선거 구호가 찍혀 있었다. 그리고 제일 아래에는 "트집 마라 건설이다"라는 자유당의 선거 구호가 눈에 들어왔다. 옆에 붙은 민주당의 선거 벽보에는 사망한 조병옥 대통령 후보자의 사진이 없었다. 그저 장면 부통령 후보의 사진 옆에 "협잡 선거 물리치자"라는 구호만이 적혀 있었다.

지난달에 있었던 대통령과 부통령 선거를 함축적으로 보여주는 듯해서 윤향이와 지숙이는 선거 포스터에서 눈을 떼지 못했다.

잠시 후 지숙이가 윤향이에게 말했다.

"어디로 갈래?"

윤향이는 골목길 밖으로 살짝 고개를 내밀었다. 사람들은 태평로 국회의사당 쪽으로 걷고 있었다.

"사람들이 가는 곳으로 가야지."

둘은 팔짱을 끼고 거리로 나왔다. 오후가 되면서 사람들이 걷잡을 수 없을 만큼 몰려 나왔다. 둘은 파도처럼 몰아치는 사람들에게 휩쓸려 목적지인 태평로 국회의사당 방향으로 향했다. 군데군데 국민학교 학생들도 보였다.

윤향이와 지숙이는 사람들과 한데 뭉쳐서 태평로 국회의사당 앞으로 조금씩 다가갔다. 일제강점기 명칭인 부민관이라고 부르는 소리가 군중 속에서 섞여 나왔다. 국회의사당 앞에 가면 중앙청이 보일 것이고 중앙청 뒤에는 경복궁이 있을 것이었다.

마침내 윤향이와 지숙이의 시야에 국회의사당이 들어왔다.

그 앞에 자리를 잡고 있는 고려대학교 학생들도 보였다. 경찰들이 이미 최루탄을 쐈는지 매캐한 냄새가 코를 찔러서 주변 사람들은 손이나 손수건으로 입과 코를 막았다. 윤향이와 지숙이도 교복 소매로 코와 입을 가렸다. 난생처음 맡은 최루탄 냄새는 말로 표현하기 어려울 정도로 고통스러웠다. 하지만 머리와 어깨에 띠를 두르고 현수막을 든 대학생 시위대의 모습에 윤향이는 가슴이 뛰었다.

"대학생 오빠들까지 나선 걸 보니까 세상이 바로잡히려나 봐."

"그러게. 든든하네."

지숙이도 신나서 말했다. 둘은 자연스럽게 국회의사당 쪽으로 걸어갔다. 시위 중인 대학생을 구경하거나 시위에 합류하기 위해 많은 시민과 학생이 윤향이와 지숙이의 주변에서 걸었다. 그 와중에 시골에서 올라온 노인이 지팡이를 짚고는 지나가는 사람들에게 계속 같은 질문을 했다.

"왜 이렇게 몰려나와서 시위를 하는 거요? 나라가 혼란스러우면 북한에서 쳐들어올 수도 있는데 말이야."

자칫하면 분위기가 험악해질 수도 있었지만 다행히도 아까 파고다공원의 동상 앞에서 불만을 얘기하던 와이셔츠 차림에 짧은 머리의 청년이 할아버지에게 말을 걸었다.

"제가 설명드릴게요, 어르신."

"그려, 고마워. 딸 생일이라서 올라왔는데 갑자기 이런 일이 일어나서 깜짝 놀랐어."

윤향이는 두 사람의 대화가 어떻게 진행될지 궁금해서 걸음을 멈췄다. 지숙이 역시 궁금했는지 윤향이의 팔을 잡고는 두 사람을 바라봤다. 청년이 목소리를 가다듬고 입을 열었다.

"일단 먹고살기가 너무 힘들어요. 저도 대학을 진짜 어렵게 졸업했는데 일 년 넘게 일자리를 못 구했어요."

"아이고, 대학에 다니려면 돈이 많이 들잖아. 우리 동네에도 자식 공부시킨다고 전답에 소까지 파는 집이 있던데 말이야. 그런데 취직을 못 하면 큰일이잖아."

혀를 차는 할아버지의 말에 청년이 대꾸했다.

"오죽하면 대학교를 예비 실업자 양성소라고 부르겠어요. 거기다 이 대통령이 좋은 일을 하신 것은 알지만 요즘은 너무 심했어요."

"뭐가 얼마나 심했는데?"

"혹시 〈경향신문〉이라고 아세요?"

"이름은 들어봤어. 요즘은 안 보이던데?"

할아버지의 대답을 들은 청년이 설명했다.

"정부를 비난한다고 작년에 폐간되었어요."

"폐간이면 신문을 못 만들게 했다는 거야? 아니, 조선에서도 선비들의 상소문은 막지 않았는데 말이야."

"그렇죠. 그런데 자기 마음에 들지 않는다고 폐간시켜버렸어요. 심지어 법원에서 폐간시키지 말라고 판결하니까 무기한 발행 정지 처분을 내렸죠. 제가 거기 취직하려고 면접도 봤는데 하루아침에 문을 닫는 바람에 지금도 백수 신세예요."

윤향이는 청년이 왜 그렇게 화를 냈는지 비로소 이해가 갔다. 노인도 청년을 위로했다.

"아이고, 그런 일이 있었구먼. 정말 아까워서 어쩌나."

"그 정도는 일도 아니에요. 깡패들이 정부를 비난한 신문사를 공격했을 때는 깡패들을 두둔하고 편들었어요. 거기다 이기붕을 부통령으로 당선시키려고 부정선거까지 저질렀잖아요. 그 일로 마산에서 시위하던 김주열이라는 학생이 얼굴에 최루탄이 박힌 채로 물속에 던져졌다가 발견되었어요. 그래서 마산에서 크게 시위가 벌어졌고요."

청년이 손으로 얼굴을 가리키며 흥분한 말투로 얘기하자 노인이 대꾸했다.

"그건 신문에서 보긴 했네. 그런데 모두 공산당의 선동이라고 하던데?"

그 말을 들은 청년이 얼굴을 찌푸리며 고개를 저었다.

"맨날 그런 식으로 얘기하는데 다 거짓말이에요. 먹고살기 힘든데 그건 해결해주지 않으면서 권력을 놓지 않으려고 무리수를 두잖아요. 사람들이 그걸 보고 더는 참지 못해 뛰쳐나온 거예요. 사람들이 이렇게 모여서 얘기를 하면 들을 생각을 해야지, 깡패를 앞세우고 최루탄을 쏘아대고 있잖아요. 그래서 시위를 하는 거예요."

"정말이야?"

노인이 떨떠름한 표정으로 바라보자 윤향이가 끼어들었다.

"맞아요."

윤향이의 말에 근처 시민들은 자기들도 봤다고 나섰다. 주변의 얘기를 들은 노인이 청년의 어깨에 손을 올렸다.

"나는 잘 몰랐네. 그런데 뭐가 단단히 잘못되었군. 힘내서 싸우게. 나도 고향에 돌아가서 오늘 보고 들은 걸 얘기하겠네."

"감사합니다, 어르신. 조심히 내려가십시오."

청년이 꾸벅 인사를 했다. 그러자 주변에서 역시 대학교를 다녀서 그런지 똑똑하다면서 박수가 터져 나왔다. 지켜보던 윤향이도 뿌듯한 마음에 활짝 웃었다. 그리고 다시 지숙이와 함께 국회의사당으로 향했다. 국회의사당 맞은편에 있는 서울 시청은 물론 조금 떨어진 곳에 있는 반도호텔과 덕수궁까지 온통 사람들로 가득했다.

군중을 헤치고 국회의사당으로 다가가자 고려대학교 학생들이 든 '민주 역적 몰아내자'라는 현수막의 글씨가 뚜렷하게 보였다. 윤향이와 지숙이가 서울 시청을 지나서 국회의사당 앞에 도착할 즈음에 뿔테안경을 쓰고 머리를 짧게 깎은 남자 대학생이 국회의사당 계단 위에 올라가 외쳤다.

"학생 여러분! 아침부터 수고 많으셨습니다. 결의문을 국회에 전달하고 이철승 의원과의 면담도 마쳤으니 학교로 돌아가서 해산하겠습니다. 경찰이 우리를 인도해줄 것이니 가급적 충돌 없이 돌아갑시다."

그 말을 들은 지숙이가 중얼거렸다.

"오자마자 끝이네."

지숙이의 말을 들은 윤향이도 아쉬움이 가득 담긴 눈빛으로 대학생 시위대를 바라봤다. 경광등을 켠 경찰 지프가 앞장선 가운데 양쪽으로 경찰들이 늘어섰고 고려대학교 학생들도 천천히 움직이기 시작했다. 윤향이가 지숙이에게 말했다.

"우리도 따라가자."

"끝났다는데 왜?"

"어차피 고려대학교가 안암동이니까 가는 길이잖아."

윤향이의 말을 들은 지숙이가 고개를 끄덕거렸다. 경찰들이 총을 쏴서 학생과 시민이 죽었다는 지방과는 달리 서울에는 아직까지 큰 충돌이나 유혈 사태가 없었다. 물론 경찰이 사방에 깔려 있고 최루탄이 날아다녔지만 죽음의 그림자 같은 건 보이지 않았다. 무엇보다 단체로 모여서 시위를 하는 고려대 학생들이 너무 든든하고 멋져 보였다. 다들 윤향이와 같은 생각이었는지 시위를 하던 사람들 상당수가 학교로 돌아가는 고려대학교 학생들의 뒤를 따랐다. 윤향이도 뒤를 따라 걸었다. 경찰들이 양쪽이 합류하지 못하게 중간을 차단했지만 사람들은 그러거나 말거나 묵묵히 뒤를 따랐다.

경찰들은 고려대 학생들을 을지로로 유도했다. 윤향이와 지숙이의 옆에서 걷던 중년 남자가 고개를 갸웃거렸다.

"왜 저기로 가는 거지?"

그 말을 들은 윤향이가 물었다.

"왜요?"

"고려대학교가 있는 안암동은 저기 광화문 사거리에서 종각 쪽으로 가야 하는데 을지로로 데려가잖아."

중년 남자가 손으로 길을 가리키며 혀를 찼다.

"아무래도 뺑뺑이를 돌려서 지치게 할 모양이네. 아이고, 천벌받을 것들 같으니."

윤향이는 그 말을 듣고 걱정이 되었다. 그래서 지숙이에게 물었다.

"무슨 꿍꿍이가 있는 건 아니겠지?"

지숙이는 주변을 둘러보고는 윤향이를 다독거렸다.

"사람도 많고 기자도 쫙 깔려 있잖아. 설마 무슨 일이 벌어지겠어? 그냥 좀 멀리 돌아가게 하려는 거겠지."

"그러겠지."

해가 서서히 저물어가면서 몇 개 없는 가로등이 켜졌다. 고려대학교 학생들의 행렬은 경찰들의 인도에 따라 청계천으로 접어들었다. 복개 공사가 한창인 청계천에는 살모사와 구렁이를 파는 판잣집들이 다닥다닥 붙어 있었다. 한쪽은 청계천 밖으로 나가 있어서 기둥들로 받쳐진 형태였다. 허름하고 위험해 보였지만 시내 한복판이라 나쁘지 않겠다는 생각을 하면서 윤향이는 그 옆을 지나갔다. 흐르는 강물처럼 한참을 걷던 시위대가 예지동의 천일백화점 앞을 지나갈 즈음 갑자기 큰 소리가 들렸다. '다 죽이라'는 외침과 함께 100여 명은 되어 보이는 남자들이 각목 같은 것들을 들고 고려대학교 학생들을 공격한 것이다. 누군가가 외쳤다.

"깡패들이다! 깡패!"

그 와중에 학생들을 호위하던 경찰들은 삽시간에 자취를 감춰버렸다. 고함을 지르며 달려든 깡패들은 닥치는 대로 각목을 휘두르고 발길질을 하면서 고려대학교 학생들을 쓰러뜨렸다. 놀란 시민들이 비명을 지르며 발을 동동 굴렀지만 무자비한 폭력은 멈추지 않았다. 충격에 휩싸인 지숙이가 윤향이를 붙잡고 소리쳤다.

"어떡해! 저러다 다 죽겠어!"

윤향이는 울고 있는 지숙이를 뿌리치고는 주변을 돌아봤다.

"보고만 있을 거야?"

윤향이가 무기가 될 만한 걸 찾는 사이 시민들이 학생들을 구하자며 달려들었다. 물론 몽둥이 든 깡패들과 상대하기에는 부족했지만 시위대의 숫자가 워낙 많다 보니, 깡패들은 서서히 밀려났다. 혼란에 빠졌던 고려대학교 학생들까지 다시 전열을 정비하자 자취를 감췄던 경찰들이 다시 나타나 깡패들을 쫓으려는 시민들과 학생들을 가로막았다.

다들 분통을 터뜨리는 가운데 윤향이와 지숙이는 쓰러진 대학생을 부축해줬다. 흡사 전쟁터처럼 피를 흘리는 대학생들이 여기저기서 쓰러져 있었다. 주변에는 도망치다가 벗겨진 구두와 모자, 안경이 널브러져 있었고, 피도 사방에 뿌려져 있었다. 깡패들에게 두들겨 맞았는지 머리가 피투성이인 기자들이 열심히 카메라의 셔터를 눌러댔다. 쓰러진 대학생을 도와주던 윤향이는 결국 울음을 터뜨리고 말았다.

"이게 뭐야? 경찰들이 깡패들을 편들고."

윤향이의 부축을 받은 고려대학교 학생이 울고 있는 윤향이와 따라서 우는 지숙이를 오히려 위로해줬다.

"괜찮아. 경찰로도 안 되니까 깡패들을 동원한 거야. 이제 막바지인 것 같아. 난 괜찮으니까 울지 마."

윤향이는 명륜동에 있는 집까지 울면서 걸어갔다. 그리고 대문을 열고 집 안으로 들어갔다. 그러자 대청에서 신문을 읽던 아버지가 고개를 들어 바라보다 신문을 떨어뜨렸다. 대청 구석에서 재봉틀을 돌리던 어머니도 놀라서 쳐다봤다. 윤향이는 터덜터덜 걸어가서 대청에 걸터앉았다. 그러자 어머니가 윤향이에게 다가왔다.

"아니, 꼬락서니가 이게 뭐야? 누구한테 맞은 거야?"

흥분한 어머니를 다독이고 아버지가 물었다.

"시위하고 왔니?"

"한 건 아니고 구경하고 왔어요. 고려대학교 학생들이 태평로에 있는 국회의사당 앞에서 시위를 했거든요."

윤향이의 말을 들은 어머니가 등짝을 때렸다.

"아니, 경찰들이 총을 쏜다던데 계집애가 어디라고 거길 나가? 미쳤어!"

화를 내는 어머니와 달리 아버지는 대수롭지 않게 말했다.

"국민이라면 당연히 해야 할 일이지. 나라를 바로세우는 데 남자와 여자가 무슨 상관이야."

"하나밖에 없는 딸이 걱정되지 않아요?"

어머니의 말에 아버지는 담뱃재를 재떨이에 털면서 말했다.

"딸도 걱정이고 나라도 걱정이고, 그렇지 뭐."

"하여튼."

어머니는 이렇게 말하고는 자리에서 일어나 잠시 모습을 감췄다. 그리고 다시 대청으로 돌아온 어머니는 건넌방에 밥상을 가져다 놨다고 윤향이에게 말하고는 재봉틀로 갔다. 아버지는 읽고 있던 신문을 윤향이 쪽으로 밀었다.

"국회에서 여당이 발포한 경찰을 옹호했다는구나. 공산당이 배후에서 시위대를 조종한다는 거야."

신문 기사를 읽던 윤향이는 한숨을 쉬었다.

"오늘 천일백화점 앞에서 깡패들이 고려대학교 학생들을 공격했어요. 뭔가 단단히 잘못된 거 같아요."

"저런, 경찰들은 뭘 하고 있었느냐?"

"갑자기 종적을 감췄다가 깡패들이 밀리니까 다시 나타나서 시위대를 뜯어말렸어요."

"어느 정도 예상했던 일이다. 민주주의를 지키기 위해 북한과 3년 동안 싸우면서 많은 사람이 죽거나 다쳤지. 그런데 그렇게 지킨 나라의 민주주의가 무너지려 하고 있어. 직접 현장에서 보니까 어떤 생각이 드느냐?"

아버지의 물음에 윤향이가 아까 봤던 장면들을 어렵게 떠올리며 대답했다.

"무서웠어요."

"사람들이 맞고 피 흘리는 게?"

"아뇨. 나라를 지탱하는 중요한 기둥이 허물어지고 있다는 생각이 들었어요. 학생들과 시위대가 무너지지 않게 버티고 있는데 경찰과 깡패들이 그걸 기어코 넘어뜨리려는 것처럼 보였어요."

"그러면 우리는 어떻게 해야 할까?"

"기둥이 넘어지지 않게 받쳐줘야죠."

윤향이가 대답한 직후 어두컴컴한 하늘에 총성이 울려 퍼졌다. 콩을 볶는 듯한 총소리에 재봉틀에 앉아 있던 어머니가 화들짝 놀라서 혀를 찼다.

"아니, 이런 밤중에 총을 쏘면 눈 없는 총알이 누구한테 날아갈 줄 알고 저러는 거야?"

어머니의 말에 아버지는 담배를 한 모금 피우고는 윤향이를 바라봤다.

"민주주의 앞에서는 그 누구도 특혜를 받을 수 없다. 설사 대통령이라고 해도 헌법을 마음대로 뜯어고치고 경찰과 공무원을 앞세워서 부정선거를 저질러서는 안 돼. 그러면 민주주의는 껍데기만 남을 테니까. 나라를 위해 일하는 사람들은 모두 사라지고 어떻게든 대통령에게 잘 보여서 권력을 얻으려는 자들만 득실거리겠지."

"어떻게 해야 하죠? 우린 총도 없고 아무것도 없잖아요."

윤향이의 물음에 아버지는 말없이 재떨이에 담배를 비벼 껐다. 전쟁에 참전했던 아버지의 팔뚝에는 중공군이 던진 수류탄 파편에 맞은 흔적이 뚜렷하게 남아 있었다.

"6·25 때도 그랬다. 북한은 탱크랑 대포에 비행기까지 있었지만 우린 총과 수류탄밖에 없었단다. 하지만 용감하게 맞서 싸웠고, 결국 나라를 지켰어. 이제 총칼 없는 싸움을 해야 한다. 우리에게는 정의를 지키겠다는 마음밖에 없어. 신문은 진실을 다 얘기하지는 않지만 마산에서 무슨 일이 벌어졌는지는 보여주고 있지. 지난달 15일에 부정선거 반대 시위를 하다가 실종된 김주열 학생의 시신이 마산 앞바다에서 떠올랐다고 하더구나. 얼굴에 최루탄이 박힌 채 말이야."

"며칠 전에 학교에서 지숙이가 신문을 보여줬어요."

"격분한 마산 시민들이 11일에 대대적인 시위를 벌여서 시청과 경찰서 그리고 파출소를 공격하고, 민주당에서 자유당으로 옮겨간 허윤수 의원의 집과 공장도 쑥대밭으로 만들었더구나. 쌓였던 분노가 곳곳에서 터져 나오는 중이야. 이제 나라의 운명이 며칠 안에 결정될 거다."

아버지의 얘기를 들은 윤향이는 용기를 냈다. 그런 딸의 모습을 흡족하게 바라보던 아버지가 말했다.

"들어가서 밥 먹고 쉬어라. 내일은 기나긴 하루가 될 테니까."

방에 들어간 윤향이는 교복을 벗고 힘없이 벽에 기댔다. 아랫목에 보자기로 덮인 밥상이 있었지만 입맛이 없고 지쳐서 움직일 기력이 없었다. 그때 문밖에서 어머니의 헛기침 소리가 들렸다. 윤향이가 얼른 자세를 고쳐 앉는데 어머니가 문을 열었다. 어머니는 방 안으로 들어오지 않고 문밖에 앉아서 윤향이를 바라보며 입을 열었다.

"윤향아, 제발 부탁이니까 데모하러 가지 마라."

"어머니."

윤향이가 정색을 하자 어머니가 애절한 표정으로 바라봤다.

"안다, 네 심정. 아무것도 모르는 나도 지금 들려오는 소식에 가슴이 답답하고 걱정이 되니까. 하지만 너 올해 몇 살이지?"

"열네 살이요."

"그래, 저기 골목길 끝 집에 사는 천안댁 남편이 경찰인 걸 알지?"

어머니의 말에 윤향이는 잠시 기억을 떠올리다가 고개를 끄덕거렸다.

"네. 오다가다 몇 번 봤어요."

"천안댁이 남편한테 들었다는데 데모하는 것들은 모두 공산당이니까 싹 다 총 쏴 죽여도 된다는 상관의 명령이 있었다더라. 그러면서 동네 학생들이 다치면 안 되니까 절대로 데모 못 하게 하라고 했어."

"그럼 지켜보자는 말씀이세요? 부정선거로 이기붕을 부통령에 당선시키는 것도 모자라서 항의하는 국민들에게 마구

총을 쏘고 깡패를 시켜서 무자비하게 구타를 했어요, 어머니."

윤향이의 반박에 어머니는 거의 울 것 같은 표정을 지었다.

"그 마음 나도 잘 안다. 하지만 나한테는 네가 제일 소중해. 그러니까 내일은 좀 참아다오. 학교 갔다가 뒤도 돌아보지 말고 집으로 돌아오렴. 네가 좋아하는 잡채 해줄게."

어머니의 간곡한 부탁에 윤향이는 고개를 끄덕일 수밖에 없었다. 어머니는 안도하는 표정으로 일어나더니 방문을 닫아주었다. 윤향이는 멀어지는 어머니의 발소리에 한참 동안 귀를 기울였다. 그러다 배에서 나는 꼬르륵 소리에 정신을 차리고 아랫목에 있는 밥상으로 다가갔다.

5장

가자,
대통령의 집무실로!

_4월 19일 경무대

다음 날 새벽에 눈을 뜬 윤향이는 어제 일들이 떠올라서 다시 잠을 이룰 수 없었다. 윤향이는 창문을 통해 세상이 점점 환해지는 걸 보고는 조심스럽게 자리에서 일어났다. 어젯밤 어머니의 신신당부가 떠올랐지만 이미 결심을 굳힌 상태였다. 미리 챙겨둔 교복을 입고 조심스럽게 문을 열었다. 그러고는 밖을 살펴보았다. 대청에도 마당에도 어머니는 없었다. 늘 일찍 일어나서 구공탄을 갈거나 재봉틀을 돌리셨는데 오늘은 늦게까지 주무시는 것 같았다. 윤향이는 방문을 닫고는 창문 아래 책상 앞에 앉았다. 그리고 노트 한 장을 뜯어서 연필로 글씨를 썼다.

시간이 없어서 어머님을 뵙지 못하고 일찍 집을 나섭니다. 저는 부정선거에 맞서 끝까지 싸우겠습니다. 지금 저와 저의 친구들 그리고 대한민국의 모든 학생이 민주주의를 지키기 위해 피를 흘리고 있습니다. 그러니 데모에 나간 저를 책망하지 마십시오. 우리가 아니면 누가 데모를 하겠습니까? 저는 이제 중학교에 입학한 고작 열네 살에 불과한 계집아이일 뿐입니다. 그러나 조국과 민족을 위하는 길이 뭔지는 알고 있습니다. 저는 생명을 걸고 이 길에서 싸우려고 합니다. 데모하다 죽어도 원이 없습니다. 제가 죽는다면 어머니는 무척 비통해하시겠죠. 하지만 그래서는 안 됩니다. 민족의 해방이 한 발 가까워진 것에 기뻐하고 온 겨레의 앞날을 축복해야 합니다. 이미 저의 마음은 거리에 나가 있습니다. 걱정 말고 기다려주세요. 저는 무사히 시위를 마치고 돌아와서 회초리를 맞겠습니다. 이제 그만 가야겠습니다. 어머니, 다녀오겠습니다.

윤향이는 편지를 책상 한가운데 놓고는 마당으로 나가서 얼른 세수를 했다. 그러고는 가방을 챙기고 대문 밖으로 나왔다. 아직 어둠이 가시지 않은 명륜동 골목은 한쪽 어깨에 망

태기를 걸친 채 갈고리로 대문 옆의 쓰레기통을 쑤시는 넝마주이들의 차지였다. 윤향이는 그들을 지나쳐서 큰길로 나섰다. 아침부터 여기저기에 경찰들이 있었다. 어제는 보지 못한 기마경찰까지 있었다. 어마어마하게 커다란 말들이 푸르륵 소리를 내자 놀란 행인들이 움찔했다.

윤향이는 어디로 갈까 고민하다가 일단 학교로 가기로 했다. 지숙이나 친구들과 함께 움직이는 게 여러모로 좋을 것 같았기 때문이다.

윤향이는 학교까지 걸어갔다. 학교 주변은 이상할 정도로 평온했다. 선생님들이 교문에 나와 있긴 했지만 경찰들은 보이지 않았다. 반반이 담임선생님도 교문에 있다가 윤향이가 인사를 하자 아무 말 없이 고개만 끄덕거렸다. 반반이 선생님이 그렇게 긴장한 모습은 처음 보았다.

학교는 마치 잠든 것처럼 고요했다. 복도에는 윤향이의 발소리만 났다. 윤향이는 교실 뒷문을 열고 들어섰다. 반 아이들이 절반쯤 와 있었다. 그중에는 지숙이도 있었다. 지숙이는 잠을 제대로 못 잤는지 눈이 퉁퉁 부어 있었다. 윤향이는 지숙이 옆자리에 앉았다. 그러자 지숙이가 말했다.

"오다가 동성중학교랑 동성고등학교 학생들이랑 마주쳤어. 등교하자마자 시위를 나간다더라."

"정말? 어디로 갔는데?"

"혜화 로터리에서 종로 쪽으로 나가려는 것 같았어. 그런데 기마경찰들부터 일반 경찰들까지 잔뜩 앞을 가로막고 있어서 어떻게 될지 모르겠네."

"나도 기마경찰들 봤어. 말들이 진짜 크던데."

"어제 고려대학교 학생들이 맞은 걸 생각하면 진짜 분하고 억울해. 경찰들이 일부러 깡패들이 있는 곳으로 대학생들을 유인한 거잖아. 그러고는 깡패들이 밀리니까 다시 나타나서 오히려 우리를 막아서기나 하고."

격양된 말투로 얘기한 지숙이가 창밖을 바라봤다. 아침이긴 했지만 멀리서 고함 소리와 최루탄 터지는 소리가 들려왔다. 다들 불안한 표정으로 창밖을 바라보는데 반반이 담임선생님이 들어왔다. 아까보다 훨씬 더 심각한 표정의 선생님이 학생들을 바라봤다.

"오늘 단축 수업을 하라는 지시가 내려왔다. 4교시까지만 하니까 수업이 끝나면 다들 곧장 집에 돌아가도록, 알겠나?"

아이들이 "네"라고 큰 목소리로 대답하자 머뭇거리던 반반이 담임선생님이 덧붙였다.

"어제 고려대학교 학생들이 천일백화점 앞에서 깡패들에게 폭행당했다. 그 일로 대대적인 시위가 벌어질 거라는 소문이 있어서 불가피하게 단축 수업을 하는 거다. 그러니까 쓸데없이 시위하는 곳에 얼씬거리지 마라. 최루탄이랑 총알은 눈이 없어서 어리다거나 여자라고 봐주지 않는다. 무슨 얘긴지 알겠지?"

담임선생님이 걱정 가득한 당부의 말을 남기고 교실을 나가자 아이들은 삼삼오오 모여 떠들었다. 대부분은 단축 수업이 끝나면 시위에 참여하자는 내용이었다.

그때 뒷문이 열리더니 3학년 선배가 고개를 빼꼼 내밀고는 지숙이에게 눈짓을 했다. 지숙이는 얼른 자리에서 일어나 복도로 나갔다. 그사이에 윤향이는 창밖을 바라봤다. 아직 이른 아침이었지만 세상은 이미 깨어날 대로 깨어나서 온갖 소리가 들려왔다.

1교시 시작 직전에 지숙이가 교실로 돌아왔다. 지숙이가 좋지 않은 표정으로 입을 삐죽 내밀고는 자리에 앉았다. 그리고 윤향이가 묻기 전에 입을 열었다.

"결론을 못 내렸어."

"시위?"

"응. 선배들이 결론을 못 내리더라. 우리가 교문 밖으로 나가서 시위를 해야 한다는 쪽이랑 그러다가 인명 피해가 발생하고 학교에서 처벌을 받으면 어떡하냐고 걱정하는 쪽이랑 딱 절반으로 나뉘었어. 그래서 보다 못해 내가 말했지."

"뭐라고?"

"그냥 각자 알아서 하자고. 마산에서는 학생이 죽고 나라가 뒤집어졌는데 언제까지 회의만 할 거냐고. 그리고 그냥 나와 버렸어."

지숙이의 말을 들은 윤향이가 말했다.

"잘했어."

"우리 수업 끝나고 같이 가자."

지숙이의 말에 윤향이는 당연하다는 말과 함께 힘차게 고개를 끄덕였다. 1교시 수업의 시작을 알리는 종소리가 들리면서 삼삼오오 모여 있던 학생들이 잽싸게 자리로 돌아갔다. 윤향이는 수업이 시작되기도 전에 끝나기를 바라면서 창밖을 바라봤다.

 반반이 선생님의 말대로 단축 수업이었음에도 하루가 길게
느껴졌다. 드디어 마지막 수업이 끝나자마자 윤향이는 지숙
이와 함께 교문 밖으로 달려나갔다. 지숙이가 가방을 끌어안
은 채 물었다.
"어디로 갈까?"
"국회의사당으로 가자."
 둘은 큰길로 나갔지만 전차는 보이지 않았다. 버스도 이미
운행을 중지했는지 보이지 않았다. 도로는 자동차 대신 사람
들로 가득 찼다. 서울대학교 부근동숭동 캠퍼스은 이미 한 차례
폭풍이 지나간 것 같았다. 도로에는 부러진 각목과 신발이 버
려져 있었다. 바로 옆에 흐르는 하천에는 현수막이 처박혀 있
었다. 지숙이가 그걸 보고 윤향이에게 말했다.
"서울대생들이 이미 시위를 벌였나 봐."
"그러게. 다친 사람이 없었으면 좋겠는데 말이야."
 고무신과 성냥을 파는 상점의 주인 할머니가 둘의 대화를
들었는지 큰 목소리로 끼어들었다.

"아침부터 모여서 구호를 외치며 파고다공원 쪽으로 갔어. 여기서 몇 년째 장사를 하는데 학생들이 그렇게 많이 모인 건 처음 봐."

"진짜요?"

윤향이의 물음에 빨간 몸뻬 차림의 주인 할머니가 서울대 쪽을 바라보며 우렁찬 목소리로 말했다.

"그렇다니까. 미대랑 수의대에 법대생들까지 모였어. 아이고, 내가 왜정 때 기미년 만세 시위를 본 적이 있거든. 그때도 딱 이랬다니까."

"기미년 만세 시위라면 3·1 만세 운동이요?"

교과서에서 배운 3·1운동 얘기가 나오자 윤향이는 귀를 쫑긋 세우고 물었다.

"그렇다마다. 그때 파고다공원이랑 종로 거리가 만세 소리로 가득했지. 그 악독한 순사들도 겁을 먹고 가까이 오지 않았다니까. 딱 그때야 그때."

"경찰이 막지 않았나요?"

윤향이의 물음에 주인 할머니가 몸뻬를 추켜올리면서 대꾸했다.

"경찰들이 막아섰지. 그런데 학생들도 물러나지 않고 몸싸움을 하고 돌도 던지면서 기어이 돌파하더라고. 많이들 안 다쳤으니까 걱정 마."

윤향이가 안도의 한숨을 쉬고는 물었다.

"그럼 학생들은 파고다공원 쪽으로 간 거예요?"

"응, 국회의사당 앞에서 선언문을 읽고 대통령이 있는 경무대현 청와대 위치로 간다던데."

주인 할머니의 얘기를 들은 윤향이는 지숙이를 바라봤다. 지숙이와 눈빛으로 목적지를 결정한 윤향이는 주인 할머니에게 고맙다는 말을 남기고 발걸음을 옮겼다. 때마침 도로를 걷는 사람들도 종로 쪽으로 향하고 있어서 둘은 자연스럽게 거기 합류했다.

두 사람처럼 시위에 참여하기 위해 따로 움직이는 사람들이 여기저기 보였다. 간간이 경무대로 가자거나 국회의사당 앞에서 결판을 내자는 목소리들이 들렸다. 그리고 누군가가 〈애국가〉를 부르기도 했다.

윤향이와 지숙이는 사람들과 함께 걷다가 천일백화점 앞을 지나갔다. 어제의 흔적은 보이지 않았지만 둘은 약속이라도

한 듯 얼굴을 찡그렸다. 그 순간 트럭이 천천히 사람들 옆을 지나갔다. 트럭 짐칸에 가득 탄 사람들이 주먹을 허공에 찌르며 구호를 외쳤다.

"부정선거 다시 해서 공명선거 치르자!"

걷고 있던 사람들이 환호성과 함께 구호를 따라 외쳤다. 윤향이와 지숙이도 주먹을 불끈 쥐고 구호를 외쳤다. 윤향이가 지숙이에게 말했다.

"사람들이 이렇게 많이 나올 줄은 정말 몰랐어."

종로와 가까워지자 다시 최루탄 터지는 소리와 함성 소리가 들려왔다. 큰길가의 점포들은 대부분 문이 닫혀 있거나 문을 닫는 중이었다. 종로를 지나 을지로에 접어들자 내무부 건물이 보였다. 굳게 닫힌 철문은 기마경찰들이 일렬로 지키고 있었다.

내무부 앞에는 한 무리의 대학생이 바닥에 앉아서 연좌 농성을 벌이고 있었다. 머리띠를 두른 학생이 앞에서 구호를 외치면 바닥에 앉아 있는 학생들이 따라 외쳤다. 좁은 장소에서 외치는 소리가 사방으로 울려 퍼졌다. 주변에 모인 시민들도 박수를 치거나 발을 구르면서 구호를 따라 외쳤다.

시위대에 합류하는 사람이 차츰 늘어나자 지숙이가 윤향이에게 말했다.

"우리도 끼자."

"그럴까?"

하지만 경찰이 삼엄하게 주위를 경계하다가 대학생들의 연좌 농성에 합류하려는 사람들이 있으면 강제로 끌어냈다. 윤향이와 지숙이도 경찰들에게 끌려 나왔다. 질질 끌려 나온 윤향이가 덩치 큰 경찰에게 소리쳤다.

"왜 이러는 거예요?"

"대학생도 아니면서 왜 거기에 끼려고 그래?"

이죽거리는 듯한 경찰의 물음에 윤향이가 눈을 흘겼다.

"대학생만 시위하라는 법 있어요? 왜 이래요?"

"아무튼 안 되니까 저쪽으로 물러나 있어. 안 그러면 경찰서에 끌고 간다."

"무슨 죄로 끌고 간다는 거예요?"

"어허, 머리에 피도 안 마른 계집애가 어디서 목소리를 높여!"

경찰이 눈을 부라리며 겁을 줬다. 그러자 주위의 시민들이 하나둘 다가왔다.

"왜 어린 여학생을 괴롭히는 거요?"

"아니, 이 학생들이 무슨 죄가 있다고 끌고 간다는 겁니까?"

"우리도 끌고 가시오! 우리도!"

시민들이 거세게 항의하며 주위를 둘러싸자 경찰관들이 겁을 집어먹었는지 슬그머니 사라져버렸다. 시민들이 박수를 쳤고 윤향이와 지숙이는 고맙다는 인사를 했다. 그때 내무부 앞에서 시위를 하던 대학생들이 일어났다. 앞에서 시위를 주도하던 대학생이 외쳤다.

"중앙청 앞으로 갑시다. 거기서 우리의 뜻을 외치고, 듣지 않으면 경무대에 가서 대통령에게 우리의 뜻을 전달합시다."

다들 "옳소"라고 외치는 가운데 대학생들이 앞장서고 시민들이 뒤를 따랐다. 멀리서 지켜보던 한 무리의 경찰이 따라왔지만 시민과 대학생의 기세에 막아서지 못했다.

일제강점기에 조선총독부였던 중앙청 주변에도 경찰들이 바리케이드를 치고 있었다. 하지만 엄청난 숫자의 시위대는 광화문 앞까지 밀고 가서 광장을 차지했다. 아까처럼 바닥에 앉은 대학생들이 구호를 외치면 시민들이 따라 하는 방식으로 시위를 이어갔다. 거대한 메아리 같은 함성에 굳건한 중앙청 건물이 흔들리는 것처럼 보였다. 윤향이도 지숙이와 함께 목청껏 외쳤다.

"부정선거 획책한 정부는 반성하라!"

"시민들에게 발포한 경찰을 체포하라!"

"대통령은 이 문제를 책임지고, 관련자들을 처벌하고, 사과하라!"

"시민들과 학생들에게 총을 쏘지 마라!"

다양한 구호들이 파도처럼 퍼져나갔다. 시간이 흐르면서 시민들이 속속 합류했고 시위대의 숫자는 더 늘어났다. 중앙청 광장을 가득 메운 시위대의 함성에 중앙청을 지키는 경찰들이 당황하는 모습이 보였다. 윤향이는 통쾌하면서도 걱정이 되었다.

"설마 마산처럼 총을 쏘지는 않겠지?"

윤향이의 걱정스러운 물음에 지숙이가 주변을 둘러보다가 고개를 저었다.

"사람들이 이렇게 많은데 설마 쏘겠어? 거기다 우리가 돌을 던지거나 먼저 공격하지도 않잖아."

실제로 시민들 사이에서는 경찰을 먼저 공격하지 말자는 외침들이 오갔다. 미군복을 검게 물들여서 입은 청년들이 당하고 있을 수만은 없다고 항변했지만 대부분의 시위대는 먼저 공격해서는 안 된다고 그들을 설득했다.

시위대 안에서는 즉석 토론이 벌어지면서 다양한 의견이 오고 갔다. 주제는 왜 시위가 벌어졌는지, 어떤 목표를 이룰지 등이었다. 나이 든 사람부터 까까머리 중학생까지 다들 활발하게 토론을 했다. 윤향이와 지숙이도 둥그렇게 모여서 토론하는 사람들 사이에 끼어들었다. 토론을 주도하는 건 역시 대학생들이었다. 안경 쓴 대학생이 흥분한 목소리로 주변에 모인 시민들에게 말했다.

"그러니까 이건 해도 해도 너무한 거잖아요. 여든이 훌쩍 넘은 나이에 대통령을 또 하겠다고 무리수를 두고 거기에 반발해 시위를 하니까 빨갱이라고 몰아붙이고요. 마산 이전에 대구에서도 학생들이 시위를 벌였어요."

"대구에서도요?"

윤향이의 반문에 안경 쓴 대학생이 대답했다.

"내 고향이 대구거든. 동생이 경북고등학교에 다니는데 2월 28일에 모두 등교하라는 지시가 내려왔었대. 그날은 일요일인데 말이야."

"일요일에 등교를요?"

"맞아. 민주당이 대구로 유세를 온다니까 거기 못 가게 하려고 중간고사를 앞당겨 치른다고 한 거지. 다른 고등학교도 영화를 봐야 한다거나 하는 핑계를 대서 다들 등교시켰대. 얼마나 황당한 일이야."

다들 말도 안 된다고 목소리를 높였다. 한쪽에서는 투표권도 없는 학생들이 유세장에 가지 못하게 일요일에 등교시켰다는 게 믿기지 않는다고 살짝 의문을 제기하기도 했다. 하지만 유세 현장에 사람이 많이 모이는 걸 막기 위해서는 그럴 수도 있다는 주장이 설득력을 얻었다. 그렇게 말이 오가는 가운데 안경 쓴 대학생의 이야기가 이어졌다.

"동생 말로는 경북고랑 대구고랑 경북대학교 사범대학 부설고등학교 학생들이 27일에 경북고등학교 학생부 위원장의 집에 모였답니다. 거기에서 부당한 일요일 등교 지시에 항의하기 위해 시위를 하기로 결의하고 '백만 학도여 피가 있거든

우리의 신성한 권리를 위하여 서슴지 말고 일어서라'는 결의
문도 작성했다고 했습니다."

"우와! 28일에 진짜 시위가 벌어졌답니까?"

누군가의 물음에 안경을 치켜올린 대학생이 말했다.

"수백 명의 학생이 반월당에서부터 경상북도청까지 가면서
시위를 벌였답니다. 다른 학생들이 가담하면서 숫자가 천 명
을 넘었대요. 여고생들도 합류했고요. 나중에 경찰이 출동해
서 학생들을 마구잡이로 체포했지만 일이 커질 것을 우려해서
주동자 몇 명을 제외하고는 대부분 석방했다고 하더라고요."

이 말을 듣고 중년의 남성이 거칠고 탁한 목소리로 외쳤다.

"대구도 일어났고 마산도 참지 않았는데 서울이 가만있는
건 말이 안 되지."

다들 "옳소"라고 외치면서 박수를 쳤다. 안경 쓴 대학생이
주변에 모인 사람들에게 자신의 의견을 큰 목소리로 말했다.

"대학생들이 시위에 나선 건 단순히 취직이 안 된다거나 먹
고살기 힘들어서가 아닙니다. 일본의 식민지에서 벗어나 분
단과 전쟁을 겪으면서 지켜온 나라가 바로서기를 바라는 마
음 때문에 우리는 일어선 것입니다. 먹고사는 문제도 중요하

지만 민주주의를 지키는 것도 중요하다는 말씀을 드리고 싶습니다. 여러분도 그런 마음으로 나오신 것 아닙니까?"

다들 "맞다"고 대답했다. "다들 힘내서 시위하러 가자"는 안경 쓴 대학생의 말을 마지막으로 다들 흩어졌다. 윤향이와 지숙이도 중앙청 쪽으로 가서 시위에 합류했다.

바리케이드 너머에 있는 경찰들이 최루탄을 쏘면서 확성기에 대고 "해산하라"는 말을 했지만 아무도 신경 쓰지 않았다. 다만 최루탄 때문에 다들 기침을 하면서 소매나 손수건으로 입과 코를 가릴 뿐이었다.

바람이 많이 불어서 최루탄 냄새는 금방 흩어져버렸다. 시위에 나선 아주머니 한 명이 "바람도 우리 편"이라고 해서 다들 웃음을 터뜨렸다.

중앙청 앞에서 시위가 이어지는 가운데 다른 곳에서 온 시위대들이 여기 합류하거나 지나쳐 갔다. 지숙이가 국회의사당 방향으로 행진하는 시위대를 보고는 윤향이의 팔을 꾹 찔렀다.

"저기 좀 봐."

"왜?"

지숙이가 가리킨 곳에는 흰 가운을 입은 대학생 시위대가 있었다. 목에 청진기를 건 의대생들은 그들만이 할 수 있는 재미난 구호를 외쳤다.

"썩은 정치를 수술하자!"

"학우들이여! 메스를 들어라! 잘못된 정치를 도려내자!"

팽팽한 긴장감이 흘러넘치던 시위 현장에 큰 웃음을 주는 구호였다. 윤향이도 손으로 입을 가리고 웃었다. 반면 의대생들의 뒤를 따르는 다른 대학생들의 구호는 비장했다.

"데모와 시위는 민주주의의 상징이다!"

"민주주의를 수호하고 공산주의 타도하자!"

얼마 전부터 정부는 언론을 통해 공산당의 사주를 받은 자들이 시위에 나선다고 떠들어댔다. 이 구호는 정부의 모함에 대한 학생들의 대답 같았다. 윤향이와 지숙이도 같이 구호를 외쳤다. 민주주의를 지키고 잘못을 바로잡겠다는 사람들의 생각이 모여서 거대한 시위로 이어졌다. 윤향이는 자신의 생각이 틀리지 않았다는 것에 몹시 감격하면서도 깊은 슬픔에 그만 눈물을 흘렸다. 그러자 지숙이가 물었다.

"왜 울어?"

"이렇게 많은 사람이 나서야 할 정도로 나라가 위태로워졌잖아."

"괜찮아. 우리가 바로잡으면 돼."

지숙이가 자신 있게 대답하는 사이에 새로 나타난 시위대가 중앙청을 지나 경무대 방향으로 향했다. 시위를 주도하는 대학생들이 선두에 서고 고등학생, 윤향이와 지숙이 또래의 중학생 그리고 어른들이 그 뒤를 따랐다.

그들은 이승만 대통령에게 직접 항의하자고 외쳤다. 그러자 중앙청 앞에 앉아서 연좌 농성을 하던 대학생들이 얼른 일어나 새로운 시위대에 합류했다. 지켜보던 시민들까지 합세하면서 중앙청 옆길은 삽시간에 사람들로 가득 찼다. 경찰들도 기세에 눌렸는지 막을 생각도 하지 않고 그저 바라만 봤다.

길이 좁아지면서 시위대는 자연스럽게 하나로 뭉쳤다. 그리고 누가 먼저랄 것도 없이 서로 어깨에 손을 올리고 대열을 이뤘다. 윤향이도 지숙이와 어깨동무를 했다. 그리고 〈애국가〉를 비롯해서 노래를 부르기 시작했다. 윤향이가 지숙이에게 말했다.

"처음에는 무서웠는데 지금은 괜찮네."

"나도. 그래도 조심하자."

둘은 대화를 나누기도 하고 중간중간 노래도 따라 불렀다. 앞쪽에서 노래를 부르면 뒤에서 따라 했다. 노래는 마치 메아리처럼 퍼져나갔다.

그렇게 조금 걸어가자 멀리서 높은 담장과 두꺼운 철문이 어렴풋하게 보였다. 경무대였다.

"저기까지 가면 대통령이 나와서 얘기를 들어줄까?"

지숙이의 물음에 윤향이가 "그러지 않을까"라고 대답하려는 찰나, 갑자기 앞쪽에서 펑 하는 소리와 함께 희뿌연 연기가 스르륵 몰려왔다. 앞쪽에 있는 사람들이 비명을 질렀다.

"최루탄이다! 최루탄!"

경무대 쪽에서 날아온 최루탄들이 시위대의 머리 위에서 펑펑 터졌다. 하얀 재 같은 것이 비처럼 내려앉았다. 그 독한 냄새에 사람들이 콜록거리며 괴로워했다. 최루탄 때문에 연신 기침을 하던 지숙이의 눈이 빨개졌다.

"치사하게 이런 걸로 우릴 막으려고 하나 봐."

지숙이는 괴로워하면서도 자리를 벗어나지 않았다. 윤향이

역시 지숙이의 팔을 잡고 버텼다. 하지만 최루탄이 연달아 터지면서 대열은 삽시간에 아수라장이 되었다. 눈앞이 보이지 않는 건 물론이고 눈과 얼굴이 엄청나게 쓰라렸기 때문이다. 여기저기서 기침과 우는 소리가 들렸다. 그러다 고통을 이겨 낸 목소리가 들렸다.

"여기서 포기하지 맙시다!"

"최루탄으로 우리를 막을 수 없다는 걸 보여줍시다."

"우리 모두 앞으로 가요!"

노인부터 어린 학생까지 처절하고 절박한 목소리들이 최루탄으로 무너질 뻔한 마음에 용기를 불어넣었다. 윤향이는 지숙이에게 말했다.

"우리 여기서 무너지지 말자."

"물론이지."

두 사람은 앞을 가로막는 최루탄 연기를 헤치고 발걸음을 뗐다. 두 사람이 속한 시위대 역시 잠시 흐트러졌던 대열을 다시 가다듬고는 계속 경무대 쪽으로 향했다. 콜록거리던 윤향이도 지숙이의 손을 잡고 앞으로 나아갔다.

거의 앞을 보지 못하고 걸음을 옮기던 윤향이의 어깨를 누군가가 잡았다. 윤향이가 경찰인 줄 알고 뿌리치려는 순간 인자한 여성의 목소리가 들렸다.

"아이고, 학생. 물로 얼굴 좀 씻어."

윤향이는 간신히 한쪽 눈을 떴다. 치마저고리를 입은 중년 여성이 한쪽 손에 물이 든 바가지를 들고 있었다. 고맙다는 말을 하고 바가지를 건네받은 윤향이는 바가지의 물을 손으로 떠서 얼굴을 씻었다. 옆에 있던 지숙이도 물을 떠서 눈을 씻었다.

물로 얼굴과 눈을 씻어내자 주변이 어느 정도 시야에 들어왔다. 그 아주머니만이 아니라 할머니부터 어린아이까지 근처에 사는 주민들이 양동이, 세숫대야, 바가지 등에 물을 담아 가져왔다. 최루탄을 잔뜩 뒤집어쓴 시위대는 그 물로 얼굴과 눈을 씻어냈다. 정신을 차리고 기운을 낸 시위대는 서로에게 힘을 내자고 격려하면서 경무대 앞으로 진출하는 데 성공했다.

이미 경무대 앞을 장악한 시민들은 뒤늦게 합류한 시위대를 보고 더욱 용기를 냈다. 시위대 선두의 대학생들이 경무대 앞으로 나아갔다. 그리고 바리케이드 앞의 아스팔트 바닥에 앉았다. 주변에서 응원의 박수와 함성 소리가 터져 나왔다. 신난 윤향이가 지숙이에게 외쳤다.

"사람들이 다들 응원하고 있네."

"그러게, 그동안 쌓인 게 많았나 봐."

"우리도 낄까?"

"그러자."

지숙이가 먼저 시위대를 뚫고 나가 자리를 잡았다. 윤향이도 지숙이 옆에 앉았다. 자리가 약간 좁았지만 옆자리의 대학생들이 조금씩 자리를 양보해줘서 둘은 나란히 앉을 수 있었다. 두 사람은 박수를 치기도 하고 한쪽 손을 높이 들어 구호를 따라 외치기도 했다.

"죽더라도 이 자리에서 죽는다!"

"부정선거 규탄한다. 책임자를 처벌하라!"

"대통령은 부정선거 사과하고 진실을 규명하라!"

경무대의 높은 담장을 바라보며 한참 구호를 외치는데 갑자기 콩 볶는 듯한 요란한 소리가 들렸다. 움찔한 윤향이가 지숙이를 쳐다봤다.

"이거 총소리 아니야?"

"그러게, 겁을 주려고 허공에 쏘나 봐."

지숙이의 대답을 듣고 진정한 윤향이가 귀를 기울였다. 지숙이의 말대로 총소리만 들릴 뿐, 근처로 총알이 날아오지는 않았다. 윤향이가 안도의 한숨을 쉬고 지숙이의 손을 잡았다.

"우리 겁먹지 말고 끝까지 싸우자."

지숙이가 알았다고 대답한 순간, 갑자기 총성이 더 크게 들렸다. 아까는 멀리서 쏘고 멀리로 날아간다는 느낌이었지만 이번에는 두 사람이 있는 시위 행렬에 직접 발사한 것 같았다. 최루탄의 희뿌연 안개 사이로 날아든 총알에 시위대에서 비명과 고함 소리가 들렸다.

"으악! 도망 가."

"이놈들이 총을 쏜다. 피해!"

"엎드려!"

숨소리가 목구멍 안으로 말려 들어가는 소리, 총알이 바닥에 튀는 소리 그리고 총알이 귓가를 스쳐 가며 바람을 가르는 소리가 생생하게 들려왔다. 총에 맞은 시민들의 비명 소리가 사방으로 울려 퍼지는 가운데 윤향이와 지숙이도 바닥에 납작 엎드렸다. 탕탕거리는 총소리가 좀 더 크게 들렸고 둘은 꼼짝도 못 한 채 오들오들 떨었다.

"미쳤나 봐. 우리한테 총을 쏘고 있어."

윤향이의 말에 지숙이가 대답했다.

"설마 했는데 진짜 총을 쏘네. 이제 어쩌지?"

총알이 바닥이나 벽에 부딪치는 소리가 마치 우박 떨어지는 소리처럼 들렸다. 비명 소리는 더욱 커졌고 살려달라는 외침은 흐느낌으로 변했다. 엄마를 찾는 애절한 목소리도 들렸다. 윤향이도 온몸이 미친 듯이 떨려왔다. 하지만 정신을 차리려고 애썼다.

"도망칠까?"

지숙이의 물음에 윤향이가 살짝 고개를 들어 주변을 돌아봤다. 바닥에 죽은 듯이 쓰러진 사람들이 보였다. 총소리가 들릴 때마다 다들 조금씩 움찔거렸다. 윤향이는 주변을 보면서 대답했다.

"어디로? 피할 곳이 없어."

영원히 이어질 것 같던 총성이 잠시 후에 멈췄다. 그러자 엎드려 있던 시위대가 하나둘 몸을 일으키고는 사방으로 흩어졌다. 윤향이와 지숙이도 일단 근처의 담장 뒤로 뛰었다.

"공산당을 무찌르자"는 구호가 적힌 시멘트 담장 뒤쪽 골목 길에는 시위대가 잔뜩 피해 있었다. 그리고 방금 전까지 연좌 농성을 벌였던 경무대 앞 도로에는 총에 맞은 사람들이 쓰러져 있었다. 몇 명은 이미 숨이 끊어졌는지 꼼짝도 하지 않았다.

다들 발만 동동 구르는 가운데 아까 시위대에 합류했던 흰 가운 차림의 의대생들이 뛰쳐나갔다. 그리고 쓰러진 사람들을 하나씩 살펴보다가 아직 살아 있는 사람을 발견했는지 그들을 부축해 끌고 나왔다. 다른 시민들도 하나둘씩 합류해서 다친 사람들을 데리고 나왔다. 윤향이와 지숙이도 뛰쳐나가서 자신들이 도울 만한 부상자가 있는지 살펴보았다.

"저기!"

지숙이의 외침에 고개를 돌린 윤향이는 총을 맞은 채 바닥에 쓰러져 있는 동성고등학교 남학생을 봤다. 장딴지에 총을 맞았는지 피가 펑펑 쏟아져서 최루탄 가루로 얼룩진 도로를 적셨다. 윤향이는 한걸음에 달려가서 지숙이와 함께 남학생을 부축했다. 검은색 교모가 벗겨지면서 머리를 짧게 깎은 어린 얼굴이 드러났다. 겁에 질린 고등학생은 연신 어머니라는 말을 중얼거렸다.

윤향이와 지숙이가 시멘트 담장 아래로 남학생을 끌고 가자 다른 시민들이 고등학생을 부축했다. 근처 연탄 가게 주인이 부상자를 얼른 데려오라면서 집 안으로 들어갔다. 연탄 가게 주인은 부상당한 학생을 넓은 평상에 눕히라고 했다. 이미 거기에는 피를 흘리며 신음하는 부상자들이 가득 있었다.

동성고등학교 학생을 평상에 눕히자 근처 병원 간호사라는 여성이 길게 찢은 광목천으로 상처를 둘둘 감쌌다. 가게 주인의 아내로 보이는 아주머니가 울면서 바가지로 떠온 물을 부상자들에게 마시게 했다.

총소리가 계속 메아리치면서 큰길가에 울렸다. 다시 최루탄이 터지면서 최루가루가 안개처럼 자욱하게 퍼졌다. 이제 도로에는 시신들밖에 없었다. 다들 멀리 도망친 것이다. 아니면 윤향이와 지숙이처럼 골목길로 숨었다. 경무대 입구와 담벼락에 달라붙은 경찰들이 카빈 소총으로 이쪽을 겨누는 모습을 보고 윤향이는 온몸에 소름이 돋았다.

기묘한 정적이 흐르는 가운데 빵빵거리는 소리가 났다. 소리가 난 곳을 돌아보니 트럭 한 대가 달려오고 있었다. 헤드

라이트를 켜고 다가온 트럭은 멀찌감치 멈추더니 다시 한번 경적을 울렸다. 그러자 간호사가 말했다.

"저걸 타고 병원에 가야 해요."

그 말을 들은 사람들이 다들 달려들어서 부상자를 둘러메거나 부축했다. 장딴지에 총알을 맞은 동성고등학교 학생도 어른들의 부축을 받아 일어났다. 고등학생은 연탄 가게 문을 나가기 전에 문가에서 오들오들 떨고 있는 윤향이와 지숙이에게 살려줘서 고맙다는 말을 남겼다.

경찰들이 부상자들을 쏠까 봐 걱정한 시민들은 다시 거리로 나갔다. 그리고 두 팔을 휘저으며 '쏘지 말라'고 외쳤다. 다행히 경찰들도 부상자를 옮길 때는 총을 쏘지 않았다.

길에 남아있는 시신들도 용감한 사람들이 달려가서 끌고 왔다. 어떻게든 움직이는 부상자들과는 달리 죽은 사람들은 축 늘어진 채로 질질 끌려왔다. 그 모습을 본 사람들은 눈물을 쏟았다.

부상자들을 짐칸에 가득 실은 트럭이 방향을 틀어서 멀어져 갔다. 트럭의 짐칸에는 동성고등학교 학생을 비롯해서 부상자들을 치료해준 간호사가 타고 있었다. 윤향이는 다소 안심이 되었다.

트럭이 떠난 뒤, 사람들의 표정이 굳어졌다. 격분한 대학생 한 명이 통신사인 '연합통신' 로고가 박힌 지프의 보닛에 올랐다.

"지금 무도한 정권이 민주 시민들을 학살하고 있습니다. 시민들의 피가 헛되지 않도록 끝까지 투쟁합시다."

여기저기서 박수 소리와 함께 싸우자는 목소리들이 들렸다. 윤향이와 지숙이도 주먹을 불끈 쥐고 따라서 외쳤다.

"투쟁하자!"

"싸우자!"

시민들의 외침이 사그라지자 지프에 오른 대학생이 외쳤다.

"여러분! 저기 을지로와 종로에 있는 시위대에게 경무대 앞에서 벌어진 일을 알립시다. 그래서 다시 이곳으로 와서 총질을 하는 경찰들을 무찌릅시다."

다들 맞다고 외치는 가운데 시위대는 흩어졌다. 윤향이와 지숙이도 중앙청 쪽으로 내려갔다. 가면서도 혹시나 경찰들이 총을 쏠까 봐 계속 뒤를 돌아봤다. 하지만 경찰들은 경무대 시위를 저지했다는 것에 만족했는지 더 이상 총을 쏘지 않왔다.

하지만 이제 총소리는 서울시 전체에서 들려왔다. 게다가 불길까지 여기저기에서 치솟았다.

총을 쏜 경찰들이 있는 경찰서에 불을 질렀다는 말이 바람결에 들려왔다. 그 말을 들은 윤향이가 지숙이를 보고 한숨을 쉬었다.

"진짜 난리가 났네."

"돌아가신 분들은 어떡하지? 다친 사람들도 한둘이 아니던데."

방금 전의 비극을 떠올린 지숙이의 말에 윤향이 역시 아무 대답도 하지 못했다.

사람들과 섞여서 내려오던 두 사람은 한 무리의 시위대와 마주쳤다. 대학생과 고등학생은 물론 윤향이와 지숙이 또래의 중학생과 일반 시민들도 보였다. 그들이 외쳤다.

"우리는 경무대로 가는 중입니다."

그들은 원군을 만난 것처럼 기뻐했다. 하지만 그들과 합류하는 순간, 다시 총성이 들려왔다. 마치 경찰이 숨어서 지켜보기라도 하는 것처럼 딱 절묘하게 총을 쏜 것이다. 바로 옆의 나무 전봇대에 총알이 박히는 소리가 들려왔다. 놀란 사람들이 허리를 굽힌 채 이리저리 흩어졌다. 여기서도 몇 명이 총에 맞았는지 바닥에 쓰러졌다. 총에 맞았다는 절규와 살려달라는 외침이 어지럽게 들려오는 가운데 시위대는 다시 뿔뿔이 흩어져버렸다. 윤향이와 지숙이도 총알을 피해 도망쳤다. 통의동 골목길을 정신없이 헤매는데 지나가는 할머니가 두 사람을 불러 세웠다. 그리고 양동이에서 물을 떠서 건넸다.

"아이고, 어린것들이 고생이 많네. 물이라도 마시고 가."

"고맙습니다, 할머니."

윤향이는 등을 토닥여주는 할머니에게 고맙다는 말을 하고는 물을 마셨다. 그리고 지숙이와 함께 골목길을 걸었다. 골목길 안쪽은 방금 전 사람들이 죽고 다친 경무대 앞길이나 큰길과는 다르게 고요하고 평화로웠다. 총소리를 듣고 걱정된 집주인들이 대문을 열고 나왔다가 윤향이와 지숙이를 비롯해 시위에 나온 학생과 시민을 보고는 걱정스러운 시선을 보냈다.

잠시 멈췄던 총소리가 한옥의 지붕 너머로 아스라이 울려 퍼졌다. 두 손으로 귀를 막은 지숙이가 얼굴을 찡그렸다.

"진짜 경찰들이 시위하는 사람들을 다 쏴 죽이려고 저러나 봐."

"비겁하게 맨손인 시위대에게 총을 쏘다니."

윤향이는 화가 나는 한편 겁이 나기도 했다. 윤향이는 앞으로 어떻게 할지 생각하면서 골목길을 빠져나오다가 입구에서 한 무리의 시위대와 마주쳤다. 그쪽도 총알 세례를 피해 도망쳤는지 다들 땀에 흠뻑 젖은 모습이었다. 윤향이와 지숙이가 다가가자 머리에 띠를 두른 대학생이 고개를 들었다. 옷깃에 서울대학교 배지가 보였다.

"괜찮아? 중학생이야? 고등학생이야?"

"중학생이요."

"어디서 온 거니?"

"경무대 앞에서요. 시위를 하는데 갑자기 경찰들이 총을 쐈어요."

"여럿이 죽거나 다쳤겠구나?"

서울대학교 학생의 물음에 윤향이는 눈물을 참으며 고개를 끄덕거렸다. 옆에 있던 지숙이가 물었다.

"다른 곳은 어때요?"

"동대문경찰서를 지나오는데 갑자기 안에서 총을 쏘는 바람에 많이 죽고 다쳤어. 격분한 시위대가 돌을 던지고 불을 질렀지. 이기붕 집에도 사람들이 들이닥쳐서 세간들을 꺼내 불을 질렀대. 거기 지하실에서 진귀한 열대 과일들이 엄청 나왔다더구나."

"열대 과일이요?"

지숙이의 물음에 서울대학교 학생이 격분한 표정으로 대꾸했다.

"그래, 바나나랑 파인애플 같은 것 말이야. 국민들은 당장 먹을거리가 없어서 쫄쫄 굶고 있는데 부통령이라는 작자는 그런 걸 쌓아놓고 있었던 거지."

분개한 그의 말에 주변에 있던 사람들이 분노하며 한마디씩 거들었다. 특히 직장인으로 보이는 양복 차림 남자의 하소연이 윤향이에게 깊은 인상을 남겼다.

"아, 진짜, 고향의 땅 팔고 소 팔아서 겨우 대학교를 졸업했는데 2년 넘게 백수로 지냈어. 우리 아버지도 이승만 박사를 적극 지지했는데 내가 백수로 지내는 걸 보고는 마음이 돌아서셨어. 올 초에 겨우 보험 회사에 취직했지만 월급이 쥐꼬리야, 쥐꼬리."

다른 사람들도 먹고살기가 힘들어졌다고 줄지어 하소연을 했다. 그 와중에 대통령이 자리를 계속 차지하기 위해 부정선거를 저지르다니, 사람들의 불만 가득한 마음에 기름을 확 끼얹은 꼴이었다. 다들 한마디씩 하는 가운데 서울대학교 학생이 말했다.

"나라 꼴이 말이 아닙니다. 이럴 때일수록 우리가 힘을 합쳐 맞서 싸워야 합니다. 저는 다시 중앙청으로 가서 동료 대학생들과 함께하겠습니다. 집에 가실 분은 가시고 저를 따라오실 분은 오십시오. 저는 오늘 결판을 낼 겁니다."

그의 말에 다들 박수를 쳤다. 하지만 골목길을 빠져나가는 대학생의 뒤를 따르는 것은 아까 울분을 토한 양복 차림의 남자를 비롯해 몇 명뿐이었다. 윤향이도 선뜻 따라가지 못했다. 하지만 차마 집으로 갈 수도 없었다. 결국 먼발치에서 대학생의 뒤를 따랐다. 지숙이가 윤향이를 따라오며 조심스럽게 물었다.

"진짜 따라갈 거야?"

윤향이는 잠시 고민했다. 죽는 건 무서웠다. 아버지와 어머니를 다시 볼 수 없을지도 모른다는 생각을 하자 두려움은 더욱 커졌다.

하지만 아까 총에 맞아 고통스러워하던 동성고등학교 학생을 비롯해서 오늘 만난 사람들을 떠올리며 용기를 냈다. 다들 위험한 줄 알면서도 무너져가는 나라를 다시 세우기 위해 목숨 걸고 시위에 나온 것이다. 그들의 얼굴과 그들이 했던 말을 떠올린 윤향이가 말했다.

"오늘 죽은 사람들을 봐. 여기서 물러날 수는 없어. 무서우면 너는 돌아가도 괜찮아."

윤향이의 말에 지숙이가 피식 웃었다.

"무섭긴. 그냥 궁금했어."

둘은 팔짱을 끼고 통의동 골목길을 빠져나왔다. 거리는 전쟁터였다. 곳곳에 멈춘 차들이 불에 타고 있었고 노면 전차도 유리창이 모두 깨진 채 버려져 있었다. 전봇대 아래에는 누군가 읽었던 신문이 구깃구깃 놓여 있었다.

흥분한 시위대는 구호를 외치며 중앙청 쪽으로 가고 있었다. 다시 총소리와 함께 최루탄 터지는 소리가 들려오면서 둘은 움찔했다. 때마침 불어온 바람에 골목길 입구에 버려진 구겨진 신문지가 옆으로 흘러갔다.

둘은 시위대를 따라가다가 활활 불타오르는 4층짜리 건물을 봤다. 하지만 불을 끄는 사람은 아무도 없었다. 오히려 다들 박수를 치며 손가락질을 했다. 놀란 윤향이가 곁에 있던 아주머니에게 물었다.

"왜 불을 안 끄는 거예요?"

"불을 왜 꺼? 저기가 어딘지 몰라?"

윤향이가 모르겠다고 대답하자 아주머니가 말했다.

"저기가 바로 서울신문사야. 시위하는 사람들은 빨갱이라는 기사를 실었지. 그래서 사람들이 불태우는 거야. 저런 신문사는 없어져야 해. 기자들이 말이야, 기사를 제대로 써야지, 거짓말을 하면 어떡해."

아주머니의 말을 듣고서야 윤향이는 왜 시민들이 불타는 건물을 그대로 두고만 보는지 알게 되었다. 윤향이가 불타오르는 서울신문사 건물을 보면서 중얼거렸다.

"사람들이 진짜 분노하고 있구나."

"아까 경찰들이 총을 쏴서 사람들이 엄청나게 죽거나 다쳤잖아. 분노하지 않는 게 오히려 이상한 거지."

지숙이의 말을 들은 윤향이는 같은 생각이라고 말하면서 고개를 끄덕거렸다. 경찰이 시위대에 총을 쏜 순간부터 상황은 돌이킬 수 없게 되었다. 정부가 시민의 목소리를 외면하고 탄압할수록 시위는 점점 커질 것이 분명했다.

윤향이와 지숙이는 시민의 편을 들지 않은 대가로 불길에 휩싸인 서울신문사 건물을 뒤로하고 중앙청을 향해 걸었다. 그때 종이 한 장이 바람에 날려와서 윤향이의 발목을 감쌌다. 신문사가 발행한 호외였다. 힘없이 종이를 집어 든 윤향이의 표정이 굳었다. 지숙이가 물었다.

"왜 그래?"

"계엄령이 선포되었대. 오늘 오후 1시부터."

"계엄령이 뭔데?"

지숙이의 물음에 윤향이는 아버지에게 들은 대로 얘기해 줬다.

"비상사태가 벌어지면 군대가 나서서 질서 유지를 하는 거야. 계엄령이 선포되면 군대가 질서를 유지하고 군법 재판이 열려."

"그러면 경찰 대신 군인이 우리한테 총을 쏘겠네?"

"맞아. 총뿐만 아니라 탱크 같은 것도 끌고 나올 거야."

윤향이의 대답에 지숙이는 풀죽은 표정을 지었다.

"이렇게까지 했는데도 안 되나 보다."

"안 되긴, 아직 포기하기는 일러."

윤향이의 얘기를 들은 지숙이가 힘없이 고개를 끄덕였다. 그리고 둘은 중앙청 앞의 시위 대열에 합류했다. 사람들이 죽고 다치는 걸 봤는지 시위대는 흥분한 목소리로 고함을 지르고 구호를 외쳤다. 구호는 아까보다 훨씬 과격해져서 "대통령은 하야하라"는 외침부터 책임자를 처벌하거나 죽이라는 내용까지 살벌하기만 했다.

하지만 경찰들은 개의치 않고 최루탄을 쏘고 총격을 이어 갔다. 한쪽에서는 소방차가 소방 호스로 물을 뿌리고 있었다. 그런데 자세히 보니 그냥 물이 아니라 파란색 물감을 탄 것 같았다. 그 물에 맞은 사람들의 옷과 머리는 파랗게 변했다. 그러자 지숙이가 중얼거렸다.

"왜 저런 짓을 하는 거지?"

"나중에 시위에 참가한 사람들을 가려내려고 하나 봐."

"진짜 치사하고 꼼꼼하네."

둘은 중앙청 앞의 시위에 합류했다. 시위대에는 유독 눈에 띄는 사람이 있었다. 갓과 도포 차림의 할아버지였다. 머리는 물론 수염까지 하얗게 센 할아버지는 지팡이에 의지한 채 중앙청을 향해 삿대질을 했다.

"내가 저걸 지을 때 돌을 짊어지고 날랐어. 내가 태어나고 조금 있다가 나라가 왜놈들 손에 넘어갔거든. 그래서 3·1만세 운동에도 참여하고 아들놈을 징용으로 잃었지. 광복이 되어서 더없이 기뻤는데 땅이 38선으로 나뉘고 거기에 전쟁까지 벌어져서 남은 아들까지 잃었어. 그러면 나라를 다스리는 사람들이 좀 더 신경 써서 국민들을 위한 통치를 해야지, 이게 무슨 일이야. 무슨 일이냐고! 차라리 나를 쏴라! 젊은 사람들이 죽고 다치는 걸 더는 못 본다!"

할아버지가 뛰쳐나가려고 하자 주변에서 뜯어말렸다. 그걸 본 경찰들도 차마 총을 쏘지 못했다. 이후에도 시위는 이어졌지만 기세는 한풀 꺾였다. 그리고 서서히 가족들의 이름을 부르는 사람들이 늘어났다. 무작정 아무나 붙잡고 우리 아이 못 봤느냐고 묻는 어른들도 있었다. 구급차의 요란한 사이렌 소리는 오늘 얼마나 많은 사람이 죽고 다쳤는지를 말없이 일깨

위쳤다.

　결국 중앙청 앞의 시위대도 흩어졌다. 몇 시간 동안 시위에 참여하느라 이리 뛰고 저리 뛰었던 윤향이와 지숙이도 지칠 대로 지쳐서 집으로 돌아가기로 했다.

　점심 무렵 학교에서 나왔을 때는 버스나 전차 모두 다니지 않았는데 이제는 버스와 전차가 도로를 누비고 있었다. 하지만 아무것도 탈 기분이 나지 않은 두 사람은 집이 있는 명륜동까지 걸었다.

　얼마 후 윤향이는 지숙이와 헤어져서 집을 향해 걸었다. 윤향이의 동네에는 겨울에는 연탄을 팔고 여름에는 얼음을 파는 가게가 있었다. 그 가게 옆에는 공중전화가 있었는데 오늘따라 사람들이 길게 줄을 서 있었다.

　교복을 입은 고등학생이 공중전화를 붙잡고는 자기는 괜찮은데 친구가 총에 맞아 병원에 실려 갔다며 울고 있었다. 가게의 유리창에는 계엄사령부의 포고문 1호가 붙어 있었다.

포고문 제1호

친애하는 시민 여러분! 여러분의 수도 서울의 안녕과 질서를 조속하게 회복하기 위하여 지금 이 시간에도 가두에 모여 있는 데모 대원들은 일몰 전에 집으로 돌아가 주시기 바랍니다. 여러분에게 드리는 이 권고를 이행하지 않을 시에는 불가피하게 시내 요소에 군대를 배치하여 경비에 임할 것입니다.

계엄사령관 육군중장 송요찬

지나가던 지게꾼 아저씨 두 명이 멈춰 서서 포고문을 읽었다. 밀짚모자를 쓴 지게꾼이 글을 모르는 동료에게 내용을 설명해줬다. 그러자 동료가 혀를 찼다.

"경찰도 모자라서 군대까지 나서다니, 이제 끝장났네, 끝장났어."

하지만 밀짚모자를 쓴 아저씨는 고개를 저었다.

"꼭 그런 것만은 아니야."

"아니긴 뭐가 아니야? 군인들이라면 경찰들보다 더 심하게 총을 쏘겠지."

"군인들은 경찰들을 싫어해서 말이야. 아마 경찰들이랑 반대로 할걸. 경찰들이 총을 쏘면 뜯어말릴 거고, 사람들을 붙잡으면 풀어줄 거야."

"정말?"

"그럼. 군인들이 경찰들한테 쌓인 게 좀 많아. 목숨 바쳐 나라를 지켰더니 정작 대통령은 경찰 월급만 올려주고 좋은 장비를 줬잖아."

"그런 일이 있었나?"

동료의 물음에 밀짚모자를 쓴 지게꾼 아저씨가 이빨을 드러내며 웃었다.

"내가 이래 봬도 국방경비대에 입대해서 6·25전쟁까지 치른 역전의 용사야. 제대하고 사업에 실패해서 이 모양 이 꼴이 되었지만 말이야. 군인들은 분명 시민들 편을 들 거야. 그러니 너무 걱정 말라고."

지게꾼 동료가 그렇게만 되면 좋겠다는 말을 하면서 막걸리나 한잔하러 가자고 했다. 둘이 자리를 뜨고 나서 조금 떨어진 곳에 있던 윤향이도 골목길 안으로 걸어 들어갔다.

해가 저물어가면서 빛이 사라지고 있었다. 기나긴 하루가 끝나가는 중이었다. 집에 도착한 윤향이가 대문을 열고 안으로 들어가면서 힘없이 말했다.

"아버지, 어머니, 저 왔어요."

그 말이 끝나기가 무섭게 안방의 미닫이문이 드르륵 열렸다. 그리고 버선발로 뛰어나온 어머니가 윤향이를 끌어안고 울었다.

"아이고, 얼마나 걱정했는지 모른다. 다친 데는 없니?"

"네, 저는 괜찮아요. 아버지는요?"

"너 찾는다고 시내로 나갔다. 아이고, 하루 종일 총소리가 들려서 간이 콩알만 해졌는데 너는 무섭지도 않았니?"

울면서 말하는 어머니의 손에는 윤향이가 아침에 쓴 편지가 쥐어져 있었다. 윤향이가 어머니의 품에 안겨서 울었다. 어머니는 말도 안 듣고 나간 불효녀라면서 윤향이의 등짝을 연거푸 때렸다. 하지만 윤향이는 아픔을 느끼지도 못하고 울기만 했다. 한참 동안 윤향이를 끌어안고 있던 어머니가 윤향이에게 배고프지 않느냐고 물었다. 눈물을 삼킨 윤향이가 대답했다.

"배고파요."

"얼른 씻어라. 저녁밥 챙겨줄게."

"네."

윤향이는 씻은 후에 부엌으로 갔다. 성냥으로 석유풍로에 불을 붙인 어머니가 윤향이에게 말했다.

"들어가서 좀 쉬어."

"아니에요. 도와드릴게요."

딸을 대견한 눈으로 바라보던 어머니가 말했다.

"소금 항아리 안에 있는 조기 한 마리 꺼내 와라."

"네."

구석에 있는 작은 항아리를 열자 소금 사이에 파묻혀 있는 조기가 보였다. 조심스럽게 조기를 꺼내서 소금을 털어내고는 어머니에게 가져다주었다. 어머니가 석유풍로 위에 찜기를 올리고 그 안에 조기를 조심스럽게 넣고는 뚜껑을 닫았다. 그러고는 아궁이에 걸려 있는 솥을 열자 미리 해놓은 밥에서 모락모락 김이 올랐다. 아궁이에 장작을 몇 개 더 넣은 어머니가 선반에서 몇 가지 나물과 마른 반찬을 꺼내서 그릇에 담았다. 윤향이도 항아리에서 김치를 꺼냈다. 어머니가 칼로 김치를 써는데 대문이 삐걱거리는 소리가 들렸다. 윤향이가 뛰쳐나가자 지친 표정의 아버지가 보였다.

"아버지!"

윤향이의 외침에 아버지는 땅이 꺼져라 한숨을 쉬었다.

"어디 다친 곳은 없느냐?"

"네. 그런데 사람들이 엄청나게 많이 죽고 다쳤어요. 경무대를 지키던 경찰들이 총을 엄청나게 쐈어요."

"나도 들었다. 사망자와 부상자가 있다는 병원은 모조리 뒤져보고 오느라 늦었어."

대청에 걸터앉은 아버지의 이마와 목덜미에 땀이 맺혀 있었다. 윤향이는 가슴이 아팠다.

"죄송해요, 아버지."

"아니다. 네가 집 안에 가만히 있었으면 내가 혼을 냈을 거다. 위험하긴 했지만 오늘 나라를 위해서 할 수 있는 일을 다 하지 않았느냐."

"사람들이⋯⋯."

윤향이가 차마 말을 잇지 못하는데 아버지가 신발을 벗으면서 말했다.

"병원에서 봤다. 사망자는 둘째 치고 부상자도 엄청 많아서 병원에 침대가 부족하다고 하더구나. 피도 부족하다고 해서 헌혈도 하고 왔어."

"계엄령이 선포되었다고 하던데 앞으로 군대가 나서는 건가요?"

아버지가 무거운 표정으로 고개를 끄덕였다.

"경찰만으로는 시위를 막기 어렵다고 느꼈겠지."

"그러면 이제는 시위를 하기 어려워지는 건가요?"

아까 들은 지게꾼 아저씨들의 얘기에 살짝 희망을 품었던 윤향이의 물음에 아버지는 고개를 살짝 저었다.

"어떻게 나올지는 이제 두고 봐야지. 군인들도 누군가의 자식이고 아버지인데 설마 무자비하게 굴지는 않겠지."

"오늘 경찰들은 사람들에게 무자비하게 총을 쐈어요."

윤향이의 말을 들은 아버지가 말했다.

"민주주의는 원래 피를 먹고 자란다는 말이 있어."

윤향이는 어머니가 저녁을 준비 중인 부엌을 힐끔 보고는 아버지 옆에 앉으며 물었다.

"왜요?"

"사람들의 욕심 때문이지. 권력이란 한번 잡으면 절대 놓고 싶지 않은 것이거든. 그래서 민주주의는 투표로 대표자를 뽑고, 그 대표자에게는 임기라는 게 있어. 임기가 뭔지는 알지?"

"네, 기간을 정해서 일을 시키는 거잖아요."

"맞아. 그런데 이승만 대통령은 1948년부터 지금까지 계속 대통령 자리에 앉아 있어. 앞으로도 계속 대통령을 하려고 부정선거까지 저질렀고. 투표와 임기라는 민주주의의 원칙을 모두 어기고 무시하려는 거지. 그래서 사람들이 가만있지 않고 뛰쳐나온 거고."

"앞으로 어떻게 될까요?"

윤향이는 물었지만 아버지는 대답하지 않았다. 어머니가 부엌에서 밥상을 가지고 나왔던 것이다. 윤향이가 얼른 일어나서 어머니와 함께 밥상을 들고 와 대청 한가운데 내려놓았다.

세 가족이 밥상에 둘러앉았다. 김이 모락모락 나는 조기가 가운데 있고, 나물과 마른 반찬 그리고 김치가 그 주변을 둘러쌌다. 윤향이는 부엌에 가서 대접에 물을 받아와 아버지에게 건넸다. 아버지가 물을 한 모금 마시고는 숟가락을 들었다. 그렇게 식사가 시작되었다.

밥을 먹는 동안은 별다른 이야기가 오가지 않았다. 식사 중간에 어둠 속에서 총소리가 한 차례 들리자 다들 가만히 멈추고는 허공을 바라봤다. 윤향이는 자신은 집에 돌아왔지만 다른 사람들은 저항을 멈추지 않고 있다는 것에 죄책감을 느꼈다. 아버지 역시 착잡한 표정으로 어두운 하늘을 바라보다가 다시 숟가락으로 밥을 펐다.

식사를 마치고 어머니가 솥에서 퍼온 숭늉을 마시면서 대화가 이어졌다.

"오늘 사람들이 많이 죽고 다쳤더라."

"대학생뿐 아니라 어린 학생도 다쳤어요."

윤향이는 현장에 있었다는 말을 하지 않았지만 아버지는 대충 짐작하는 눈치였다.

"사람들이 저항을 멈출 것 같니?"

아버지의 질문에 윤향이는 오늘 낮에 보고 겪은 일들을 떠올렸다. 총알이 날아왔을 때의 기억과 총에 맞은 사람들이 고통스러워하던 모습 그리고 바닥에 누워 있던 시신들이 떠오르자 윤향이는 몸이 저절로 떨릴 정도로 무서웠다. 하지만 사람들이 포기할 것 같지는 않았다. 고민하던 윤향이가 입을 열었다.

"포기하지 않을 거예요."

"왜 그렇게 생각하니?"

"분노가 일치하고 있으니까요."

윤향이의 대답을 들은 아버지가 다시 물었다.

"사람들의 마음이 모두 같다는 뜻이니?"

"네. 대학생들도 그렇고요. 아주머니들도 양동이랑 바가지에 물을 가져와서 최루탄이 묻은 얼굴을 닦아주거나 목을 축이게 해줬어요."

"민심은 천심이라는 옛말이 있다. 왕위를 물려받은 임금님도 정치를 잘못하면 쫓겨났지. 거기다 지금은 자유민주주의 국가이고 국민들은 투표로 지도자를 뽑을 권리가 있어. 그 권리를 행사할 수 없다면 자유민주주의 국가의 시민이라고 할 수 없지."

아버지의 말에 어머니가 맞장구를 쳤다.

"나는 그런 건 모르겠어요. 그냥 갈수록 물가는 오르고 먹고 살기는 힘들어지니까 차라리 정권이 바뀌면 어떨까라고 생각했어요. 선거 때는 고무신이나 막걸리를 나눠주고 그러고 나면 그뿐이잖아요. 거기다 아무리 대통령이 중요하다고 해도 너무했잖아요."

세상일에 그다지 관심이 없던 어머니조차 불평을 늘어놓을 정도로 민심이 바뀌었다. 그 사실을 알아차린 윤향이는 다시 용기가 났다.

"계엄령이 선포되었으니 앞으로 군대가 시위를 막을 거다. 경찰과는 다르게 군인에게는 탱크도 있고 기관총도 있지. 시위가 어려워질 수 있어."

아버지가 걱정스러운 표정으로 윤향이에게 말했다.

"군인들이 막아도 시위에 나서야 할까요?"

윤향이는 잠시 고민하다가 이렇게 물었다.

"필요하다면 나서야지. 하지만 군인들이 설마 우리를 향해 포를 쏘고 기관총을 난사하지는 않을 거야."

"저도 그렇게 믿고 싶어요."

군인은 경찰과 다를 것이라는 막연한 희망만이 어둠에 싸인 세상의 유일한 희망 같았다.

숭늉까지 마신 아버지는 얼마 전에 큰돈 주고 산 라디오를 켰다. 하지만 라디오에서는 오늘 일어난 일을 공산당의 사주를 받은 폭동이라고 발표했다. 그러면서 이런 사실을 과학적으로 검증하겠다는 식으로 이야기를 이어갔다. 얼굴을 찡그린 아버지가 라디오를 끄면서 중얼거렸다.

"손바닥으로 하늘을 가리려고 하다니, 천벌을 받을 거야."

그러고는 서울신문사를 제외한 다른 신문사들은 뉴스를 제대로 보도했으면 좋겠다고 했다.

아버지가 뒷간에 간 사이에 어머니가 윤향이를 붙잡고 말했다.

"네가 쓴 편지 잘 읽었다. 참 잘 썼더구나. 하지만 앞으로는 시위에 나가지 않았으면 하는 바람이다. 아니, 말리고 싶다."

"어머니, 오늘 사람들이 많이 죽었어요."

"너, 아까 아버지가 집에 들어왔을 때 표정 못 봤어? 널 보고 그 자리에서 쓰러지지 않은 게 용했어, 이것아."

어머니가 윤향이의 어깨를 툭툭 치면서 하소연과 한탄을 쏟아냈다. 윤향이는 자꾸만 말리는 어머니가 미우면서도 이 해되었다. 윤향이는 어머니의 손을 꼭 잡고 말했다.

"어머니, 이건 중요한 싸움이에요."

"싸움은 무슨 싸움이야. 저쪽은 총이 있는데 우린 뭐가 있니? 돌멩이?"

어머니의 물음에 윤향이는 주먹으로 가슴을 치면서 말했다.

"의로운 마음이요. 총이랑 칼로 막지 못하는."

그 말을 들은 어머니는 더 이상 아무 말도 하지 못하고 돌아앉았다.

6장

"군인 아저씨,
우리를 쏠 거예요?"

_4월 20일 한성여중

아버지는 항상 출근 전에 일찍 일어나서 배달된 신문들을 꼼꼼하게 보는 습관이 있었다. 원래는 〈경향신문〉을 구독했다가 정부에 의해 무기한 발행 정지 처분을 받자 〈동아일보〉를 봤다. 아침에 일어난 윤향이는 대청에 양반다리로 앉아서 신문을 읽는 아버지를 바라보았다.

때마침 어머니가 날달걀을 담은 작은 소반을 들고 부엌에서 나왔다. 아버지는 날달걀을 집어서 어금니로 조심스럽게 깨고는 쭉 빨았다. 날달걀로 아침 식사를 대신한 아버지는 신문을 접어서 옆에 내려놨다. 윤향이가 아버지에게서 받은 달걀껍데기를 소반에 올려놓고는 물었다.

"신문에 기사는 어떻게 났어요?"

"직접 보아라."

아버지가 옆에 접어놓은 신문을 건넸다. 신문을 펼친 윤향이는 1면의 큰 제목부터 읽었다.

"부정선거 규탄 학생 데모 전국 확대!"

그 아래에는 경무대 앞에서 시위대를 향해 소총을 겨누고 있는 경찰들의 사진이 크게 실려 있었다. 이어서 서울 지역 대학생들이 발표한 부정선거 규탄 선언문들이 나왔고 그 옆에는 정부가 서울, 부산, 대구, 대전, 광주에 계엄령을 선포했다는 내용이 실려 있었다. 윤향이가 소리 내서 기사를 읽었다.

"'계엄 사령관에는 송요찬 육군참모총장, 계엄 부사령관장에는 장도영 중장, 부산지구 계엄사무소장에는 박정희 소장, 대구지구 계엄사무소장에는 윤춘근 소장, 광주지구 계엄사무소장에는 박현수 소장, 대전지구 계엄사무소장에는 임부택 소장을 임명하였으며, 오후 1시에 발동된 경비 계엄령을 5시부터는 비상 계엄령으로 변경하였다.' 경비 계엄에서 비상 계엄으로 바뀐 거네요. 경비 계엄이랑 비상 계엄이랑 다른 건가요?"

출판사를 운영하는 윤향이의 아버지는 두 개의 차이를 명확하게 얘기해줬다.

"계엄법상 전시, 사변 또는 이에 준하는 국가 비상사태로 인하여 질서가 교란된 지역에 선포되는 것을 경비 계엄이라고 하고, 전쟁 또는 전쟁에 준할 사변에 적의 포위 공격으로 인하여 사회 질서가 극도로 교란된 지역에 선포하는 것을 비상 계엄이라고 해."

"같은 계엄인데 차이가 뭐죠?"

"간단히 말하자면 비교적 단시일 내에 일반 사법기관이나 행정기관의 힘만으로 사회 질서가 유지될 만한 사태에 선포되는 것이 경비 계엄이지. 이와 반대의 경우에 선포되는 것이 비상 계엄이고. 그러니까 처음에는 경비 계엄 정도로 막을 수 있다고 봤지만 오후에 시위가 더 커지니까 비상 계엄으로 확대한 거지."

아버지에게 설명을 들은 윤향이가 고개를 끄덕거렸다.

"그러니까 경비 계엄이 그나마 상황이 좋은 거고, 비상 계엄은 엄청 안 좋은 거네요?"

"정부 입장에서는 그렇지. 문제는 계엄은 외부의 침략으로 인해 정상적인 국가의 활동이 어려울 때 발동되어야 한다는 거야. 그런데 이번 시위는 국가의 체제를 위험하게 만드는 게 아니야. 너, 현장에서 이상한 짓 하는 사람을 본 적 있니?"

"아뇨. 왜 시위를 하는지 모르겠다는 사람은 있었지만 이상한 주장이나 행동을 하는 사람은 없었어요."

"맞아. 지금은 나라가 위태로운 게 아니라 부정선거를 통해 불법적으로 집권을 이어가려는 정권이 위기인 거지. 그런데 마치 국가가 위기에 처한 것처럼 계엄령을 발동한 거야."

"비상 계엄이면 군인들이 재판도 하고 처벌도 하는 건가요?"

윤향이의 물음에 아버지가 대답했다.

"비상 계엄을 선포하면 계엄사령관이 계엄 지역의 모든 행정 사무와 사법 사무를 관장하게 되어 있어. 경비 계엄 선포 시에는 행정기관이나 사법기관에 대해 부분적인 지휘만 할 수 있지. 예를 들어 계엄과 관련된 행정 업무는 지시를 내릴 수 있지만 그 외의 일에는 관여할 수 없는 거야."

"비상 계엄이 선포되었으니까 이제 군이 마음대로 시위대를 체포하고 처벌할 수 있겠네요."

"1면 기사를 보니까 서울 근처에 있는 사단 병력을 전차와 함께 출동시켰다는구나. 계엄사령관이 시위대에게 해산 명령을 내리고, 명령을 듣지 않으면 서울 시내에 진입시킨다고 했어. 계엄령이 선포된 다른 지역도 마찬가지고 말이야."

"이제 어떡하죠?"

어제 계엄령이 선포되었다는 소식을 듣고 각오를 하긴 했지만 많은 사람이 목숨을 바쳐가면서 시위를 벌인 것이 헛수고가 될 수 있다는 사실에 너무나 가슴이 아팠다. 하지만 아버지는 의외로 침착했다.

"계엄령이 발동되었다는 건 경찰로는 막을 수 없을 정도로 시위가 커졌다는 뜻이기도 해. 군대는 경찰처럼 강경 진압하지 않을 수도 있으니, 너무 걱정 말고 지켜보자꾸나."

아버지와 윤향이의 대화를 듣던 어머니가 옆에 앉아서 슬쩍 끼어들었다.

"다 좋은데 너무 앞장서지는 말았으면 하는 마음이야. 어제 얼마나 조마조마했는지 알아? 거기다 무슨 편지를 유서처럼 써놓고 가서 가슴이 철렁했잖아."

어머니의 말을 들은 윤향이는 학교에 갔다가 곧장 돌아오겠다고 약속했다. 윤향이는 출근하는 아버지에게 인사를 하고는 얼른 방에 가서 교복을 입고 가방을 챙겨 나왔다. 어머니는 대문까지 따라 나오면서 오늘은 곧장 집으로 돌아오라고 신신당부를 했다. 윤향이는 알겠다고 대답하고 집을 나섰다.

큰길로 나서자 어제의 시위 흔적이 곳곳에 역력했다. 멀리 로터리 쪽의 파출소는 시커멓게 불탄 채 아직도 연기가 폴폴 나고 있었다. 지키는 사람도 없어서 넝마주이들과 꼬마들이 파출소를 드나들면서 이것저것 쓸 만한 물건을 챙기고 있었다. 길거리도 깨진 유리 조각과 신문지를 비롯한 온갖 쓰레기가 사방에 널려 있었다.

무엇보다 바뀐 것은 군인들이었다. 철모를 쓰고 착검한 소총을 어깨에 멘 군인들이 길거리에 늘어서 있었다. 몇 군데는 모래주머니를 쌓고 기관총을 거치해놓기도 했다. 살벌한 모습에 오가는 시민들과 학생들은 어깨를 축 늘어뜨린 채 발걸음을 서둘렀다. 윤향이도 가방을 끌어안은 채 서둘러 학교로 향했다.

오늘도 학교 앞에는 반반이 선생님을 비롯해서 여러 선생님들이 지키고 있었다. 다들 굳은 표정이었지만 학생들에게는 환하게 웃어주었다. 특히 윤향이를 보고는 더 반가워했다.

"시위에 나갔을 것 같아서 걱정했는데 무사하구나."

어제의 비극을 기억하고 있던 윤향이는 대답하기도 전에 울컥했다. 그래서 말없이 인사를 하고 교실로 향했다.

윤향이가 교실로 들어섰을 때 지숙이는 물끄러미 창밖을 보고 있었다. 인기척을 느낀 지숙이가 고개를 들어 윤향이를 보았다. 밤새 울었는지 지숙이의 눈이 퉁퉁 부어 있었다. 윤향이는 지숙이의 손을 꼭 잡았다. 두 사람 말고도 시위에 나간 아이들이 많았는지 다들 앞 다투어 자신의 경험담을 털어놓았다. 그러다 경찰이 총을 쏘는 순간에 대해 말할 때는 넋이 나간 표정을 짓거나 힘들어하는 모습을 보였다.

안암동에 사는 친구는 고려대에 들어간 시위대가 군대에 포위당했지만 그들이 항복하자 더 큰 유혈 사태는 없었다고 말했다. 정릉 쪽에 사는 또 다른 친구는 버스 종점에 택시가 하나 버려져 있었는데 그 안에 시신이 있었다면서 얼굴을 찡그렸다. 종로에 사는 친구는 중앙청과 경무대 앞에 여러 대의 탱크가 서 있고 군인들이 지키고 있는 데다 가시철조망까지 설치되어 있어서 그 앞을 지나올 때 엄청 겁을 먹었다고 털어났다.

그렇게 한참 얘기를 나누는데 갑자기 반반이 선생님이 교실에 들어왔다. 아직 조회 시간이 아니라서 다들 어리둥절해하는데 반반이 선생님이 말했다.

"계엄사령부에서 휴교령이 내려왔어. 모두 집에 가거라."

일부 학생들은 수업을 안 들어도 된다는 소식에 기뻐했지만 윤향이와 지숙이는 계엄군이 시위와 집회를 막기 위한 조치를 취했다는 것에 실망감을 감추지 못했다. 윤향이가 교실을 나가려는 반반이 선생님에게 물었다.

"언제까지요?"

앞문을 열던 선생님이 윤향이를 돌아보면서 말했다.

"모르겠어. 휴교령이 풀렸다는 포고령이 나오면 그때 등교해라. 시위 같은 데는 참여할 생각하지 말고 얼른 집에 가. 군인은 경찰이랑 달라."

반반이 선생님이 걱정인지 협박인지 알 수 없는 얘기를 남기고 교실을 나간 뒤에 복도에는 다른 반 아이들의 발걸음 소리가 울려 퍼졌다. 윤향이네 반 아이들도 하나둘씩 가방을 들고 교실을 나갔다. 윤향이도 지숙이와 함께 마지막으로 교실을 나왔다. 복도에서는 선생님들이 돌아다니면서 얼른 집에 가라고 외쳤다.

학교 건물을 나와 운동장을 가로지른 윤향이와 지숙이는 교문을 나섰다. 교문 밖에서 윤향이는 하늘을 올려다봤다. 아침인데도 우중충한 것이 기분을 더욱 우울하게 했다. 지숙이가 말했다.

"일단 집에 가자. 부모님이 얼른 들어오라고 했어."

"이제 시위는 못 하는 거야?"

"사람들이 이렇게 많이 죽었는데 포기하겠어?"

지숙이의 말에 윤향이는 작은 희망을 품었다.

지숙이와 헤어져서 집으로 돌아오던 윤향이는 약국 앞에 사람들이 모여 있는 것을 보고는 발걸음을 멈췄다. 약국 옆의 벽에 하얀 벽보가 붙어 있었다. 사람들을 헤치고 앞으로 나간 윤향이는 그것이 계엄사령부에서 발표한 포고문 2호라는 걸 알아차렸다. 옆에 서 있던 몸뻬에 머릿수건을 두른 할머니가 윤향이에게 물었다.

"학생, 저게 무슨 내용이야?"

"계엄군이 발표한 포고문 2호예요."

"읽어줄 수 있겠어. 내가 까막눈이라서 봐도 몰라."

할머니의 부탁을 받은 윤향이는 위에서부터 읽어 내려왔다.

제1조 현재 진행 중인 모든 집회는 즉각 해산하라.

제2조 일절의 옥외 집회를 불허한다.

제3조 계엄지구 내의 학교 학생들의 등교를 중지한다.

제4조 통행금지 시간 제한을 준수하라. 밤 9시부터 다음 날 5시까지.

제5조 언론, 출판, 보도 등은 사전 조치를 받아라.

제6조 유언비어의 날조 유포를 불허한다.

제7조 위반자는 법원의 영장 없이 체포·구금한다.

이상의 위반자는 의법 엄중 처단한다.

윤향이가 다 읽어주자 할머니가 주름진 얼굴을 찌푸렸다.

"아이고, 그래서 군인들이 아침부터 보인 거네. 그나저나 이렇게 한다고 사람들의 마음을 돌릴 수 있겠어? 엄청 죽고 다쳤다던데."

"네, 경무대 앞에서 경찰들이 마구잡이로 총을 쏴서 죽고 다친 사람들이 많아요."

"거, 적당히 좀 하지. 사람들이 이렇게 죽어 나가는데 말이야."

혀를 찬 할머니는 손자가 다니는 수송국민학교 학생 한 명이 총에 맞아 죽었다면서 한숨을 쉬었다. 할머니가 자리를 뜨고 남은 사람들은 웅성거리면서 얘기를 주고받았다. 어제 윤향이처럼 시위에 나섰던 20대 여성이 분통을 터뜨렸다.

"사람들이 그렇게 많이 죽고 다쳤는데 이렇게 끝나면 너무 억울하잖아요."

그녀의 말에 중년 남자들이 맞장구를 쳤다. 하지만 한쪽에서는 군대는 경찰이랑 다르다면서 더 큰 유혈 사태를 막으려면 일단 참아야 한다는 의견을 냈다. 의견은 갈렸지만 마음은 같아서 화를 내거나 목소리를 높이는 사람은 없었다. 윤향이는 토론 아닌 토론에 귀를 기울이느라 바로 뒤에서 군인들을 태운 지프차가 멈추는 소리를 제대로 듣지 못했다.

뒤늦게 차 소리를 들은 윤향이가 돌아보자 지프차에서 내리는 장교가 보였다. 지프차 뒤에는 기관총이 달려 있고 철모를 쓴 군인이 방아쇠를 잡고 있었다. 기관총 총구를 사람들에게 돌리지는 않았지만 어제 사람들이 총에 맞아 죽고 다치는 걸 봤던 윤향이는 저도 모르게 겁을 먹었다. 방금 계엄사령관의 포고문을 읽은 다른 사람들도 놀라서 지프차에서 내린 장교를 쳐다봤다. 집회를 금지한다는 구절과 함께 위반할 시에는 영장 없이 체포하고 처벌한다는 문구를 떠올린 것이다.

하지만 30대 초반의 장교는 딱히 위협적으로 보이지 않았다. 그가 약국을 손으로 가리키자 사람들이 옆으로 물러나서 길을 만들어줬다. 장교가 모자에 살짝 손을 대며 고맙다고 인사하고는 약국으로 걸어가려는 순간 윤향이가 불쑥 물었다.

"군인 아저씨, 우리를 쏠 거예요?"

순식간에 분위기가 얼어붙었다. 하지만 윤향이는 정말 궁금했다. 걸음을 멈춘 장교가 윤향이를 바라봤다. 그리고 잠시 침묵하다가 입을 열었다.

"우리는 시위를 막으려고 출동한 거지, 시민들을 죽이러 온

게 아니야."

"그래도 군인들은 명령을 받으면 총을 쏴야 하잖아요. 어제 경찰들은 시민들에게 총을 쐈어요."

"알아. 만약 발포 명령이 내려오면……."

잠깐 뜸을 들인 장교가 지프차의 부하들을 힐끔 보면서 말했다.

"나나 부하들은 차라리 길바닥에 총을 쏠 거야. 그러니까 우릴 믿어라. 계엄사령관께서도 불필요한 인명 피해는 피하라는 지시를 여러 번 내리셨어. 내가 약국에 온 이유도 그래서야."

"무슨 이유요?"

윤향이의 물음에 장교는 약국을 바라보며 대답했다.

"경찰이 체포한 시위대 중에 다친 사람들이 많아서. 일단 조사하고 풀어주는 중이긴 하지만 부상자 치료가 제대로 되고 있지 않아서 직접 나온 거야. 이제 약국에 들어가도 되겠니?"

장교의 말을 들은 윤향이는 고맙다고 말하면서 뒤로 물러났다. 아까 불평을 했던 젊은 여성을 비롯한 어른들은 약값에 보태라며 돈을 건넸다. 장교는 괜찮다고 손사래를 치고는 약국으로 들어갔다. 젊은 여성이 핸드백을 고쳐 메면서 중얼거렸다.

"일단 안심이네. 경찰들처럼 무자비하게 총을 쏘지는 않을 것 같아."

윤향이도 같은 생각이라고 말하자 그녀가 윤향이의 머리를 쓰다듬어줬다.

"차마 물어보지 못했는데 용기를 내줘서 고마워, 학생."

다른 어른들도 대단한 용기라면서 칭찬을 하자 윤향이는 쑥스러움에 고개를 숙인 채 자리를 떴다. 세상은 아직 바뀌지 않았고 여전히 답답했지만 그래도 희망을 품을 수 있는 증거들이 여기저기 있었다. 사람들은 저항을 포기하지 않았고, 군인들은 함부로 총을 쏘지 않겠다는 의지를 대놓고 보여주었다.

집으로 돌아온 윤향이는 재봉틀 앞에 앉은 어머니 대신 부엌과 집 안을 청소하고 정리했다. 어머니는 윤향이를 흐뭇하게 바라봤다.

해가 저물 무렵 아버지가 신문들을 옆구리에 잔뜩 끼고 돌아왔다. 아버지의 표정이 밝은 것을 보고 윤향이가 물었다.

"어땠어요?"

"오다가 석간들을 샀어. 재미난 기사들이 실려 있기에."

신발도 벗지 않고 대청에 걸터앉은 아버지는 옆에 앉은 윤향이에게 신문을 보여줬다.

"미국의 크리스천 허터 국무장관이 이번 시위에 우려를 표명하기 위해 주미 한국대사를 소환했다는 뉴스야."

"미국이 이번 시위에 대해서요?"

"마산 시위 때는 그냥 넘어갔는데 이번에는 너무 심하다고 생각한 모양이야. 미국은 민주주의의 본거지 같은 곳이니까 이번 시위가 무슨 의미인지 아주 잘 알고 있지 않겠어?"

"그렇다면 다행이고요."

"내일쯤 어떤 식으로든 의견이 나올 거야. 그리고 아까 신문사에 다니는 사람을 몇 명 만났는데 말이야, 재미난 얘기를 해주더라."

"어떤 얘기요?"

"계엄사령부 쪽에서 시위를 하다가 체포된 사람들을 심사해서 풀어주고 있다고 말이야."

아버지의 얘기를 들은 윤향이는 아까 다친 시위대를 위해 약국에 들렀던 장교를 떠올렸다. 아버지에게 그 얘기를 하는데 재봉틀에서 내려온 어머니가 끼어들었다.

"군인이나 경찰이나 모두 대통령만 편드는 줄 알았는데 아닌가 봐요?"

"그게 좀 미묘해. 경찰과 군대가 사이가 좀 안 좋거든. 거기다 군인들은 나라를 지키는 일을 하는 거지, 시위 진압이 임무는 아니니까."

아버지의 설명을 들은 윤향이는 아까 품었던 희망의 불씨를 간직했다. 아버지는 앞으로 며칠이 중요하다면서 젊은 학생들이 피를 흘렸으니 이제는 어른들이 움직일 차례라고 했다. 그때 어머니가 깜빡했다는 표정으로 말했다.

"아까 통장이 그러던데 대통령이 특별 담화문인가 뭔가를 발표한다고 했어요."

얼른 일어난 어머니는 재봉틀 옆에 있는 라디오로 가서 다이얼을 돌렸다. 지직거리는 소리가 들리더니 이승만 대통령의 목소리가 흘러나왔다.

어제의 난동으로 본인과 정부 각료들은 심대한 충격을 받았다. 전 생애를 바쳐온 애국적인 한국민이 그러한 행동을 취할 수 있었다고는 거의 믿지 못할 일이다.

그 뒤로도 담화문 낭독이 이어졌지만 아버지는 더 들을 필
요도 없다면서 라디오를 꺼버렸다. 갑자기 찾아온 침묵 너머
로 어둠이 슬금슬금 밀려왔다.

7장

교수들의
시국 선언

_4월 25일 국회의사당

며칠 동안 세상은 조용하게 움직였다. 휴교령으로 학교에는 가지 않아도 되었다. 4월 19일에 서울에서만 90명이 넘는 시민이 경찰의 총에 맞아 사망했고, 수백 명이 부상당했다는 건 신문을 보고서야 알았다. 서울 외의 다른 지역까지 포함하면 경찰이 쏜 총에 100명이 넘는 사망자가 발생했다. 윤향이는 사망자의 이름과 나이가 적힌 신문 기사를 읽으면서 울고 또 울었다.

신문이나 라디오 모두 계엄령이 선포되었고 질서가 회복되었다는 뉴스만 반복할 뿐이었다. 100여 명에 가까운 사망자와 훨씬 많은 부상자가 발생했지만 부정선거의 책임이 있는 대통령 이승만이나 부통령 당선인 이기붕 모두 침묵을 지킬 뿐이었다.

계엄령으로 야간 통금이 실시되고 시내 곳곳에 바리케이드가 설치되면서 시위는 더 이상 벌어지지 않았다. 다만 밀짚모자를 썼던 지게꾼 아저씨의 말대로, 그리고 약국에서 만난 장교의 말대로 군인들은 경찰들과는 달리 시위대에게 함부로 총을 쏘지 않았다. 그뿐만 아니라 경찰들이 체포한 시위대를 선별해서 풀어주기도 했다.

정부의 강경 진압과 계엄령에 항의한 장면 부통령이 사퇴하고 내각의 장관들도 모두 사퇴했다. 부정선거의 원흉 중 한 명인 이기붕 부통령 당선인은 사퇴를 고려하겠다는 말 같지 않은 발표를 해서 윤향이 아버지를 더 화나게 했다.

그 와중에 미국은 아이젠하워 대통령의 방한 계획을 취소할 수도 있다면서 시위대의 정당한 요구를 들어주어야 한다는 의견을 제시했다고 한다. 영국과 프랑스 언론에서도 우리 정부를 비판하고 민주주의를 이행해야 한다는 기사를 실었다고 한다. 이런 내용을 신문에서 확인한 윤향이는 목숨 걸고 시위에 나선 사람들의 염원이 세상을 움직인 것이 분명하다고 믿었다. 아버지는 21일에 매카나기 주한 미국대사가 이승만 대통령을 만났다는 기사를 보면서 흥분했다.

"미국 대사가 직접 대통령에게 시위대의 요구를 들어주고 강경 진압을 포기하라고 했나 봐."

"대통령은 뭐라고 했는데요?"

"시간을 주면 모든 걸 해결하겠다고 했어. 하지만 이제 대통령의 시간은 사라지고 있어."

아버지는 윤향이에게 또 다른 기사를 보여주었다. 주미 한국대사가 시위대는 공산주의자의 사주를 받았고 맥아더 장군의 동상까지 파괴했다고 주장했지만, 미 국무성은 이를 허위라고 발표했다는 내용의 기사였다.

"다급하니까 미국을 상대로도 거짓말을 하는 모양이야."

시위의 도화선이 되었던 4월 18일 천일백화점 앞 고려대학교 학생 습격 사건 역시 조사가 진행되고 있었지만 지지부진했다. 송요찬 계엄사령관이 학생들을 습격한 깡패들을 당장 잡아들이라는 지시를 내렸다는 기사를 보고 아버지는 콧방귀를 뀌었다.

"깡패들의 배후에 정부가 있는데 쉽게 잡아들일 수 있겠어?

최대한 시간을 끌겠지."

그날 경찰들이 어땠는지 알고 있는 윤향이도 아버지의 말에 동의했다.

희망과 절망이 교차하는 며칠이 그렇게 지나갔다. 그사이에 윤향이는 초조해졌다. 이러다가는 부정선거 문제가 그대로 넘어갈 수도 있었기 때문이다. 윤향이의 마음을 아는지 아버지는 잠깐 밖에 나갔다 올 때마다 관련 소식을 전해줬다. 그러다가 월요일 오후에 퇴근한 아버지가 갑자기 윤향이를 불렀다.

"나랑 어디 좀 가야겠다. 얼른 옷 챙겨 입어라."

부엌에서 석유풍로를 살피던 어머니가 물었다.

"어딜 가는데요?"

"서울대 교수회관."

"거긴 왜요?"

윤향이가 고무신을 신는 걸 지켜보던 아버지가 머리의 중절모를 고쳐 쓰면서 대답했다.

"교수들이 학생들의 죽음에 항의하는 시위를 벌인다고 해서 지켜보려고."

"교수들까지요?"

"그렇다니까. 학생들이 오죽 많이 죽고 다쳤어야지. 시위가
다시 벌어지면 쟤가 또 편지 쓰고 뛰쳐나갈 거 아니야."

아버지가 윤향이를 힐끔 보며 말했다. 어머니가 앞치마에
손을 닦으며 대답했다.

"그렇겠죠."

"그러니까 내가 데리고 갔다 올게. 걱정 말고 저녁밥 지어
놓구려."

"알았어요. 조심해서 다녀와요."

윤향이는 어머니의 배웅을 받으며 대문을 나섰다. 그리고
아버지를 따라 골목길을 빠져나와 거리로 나섰다.

계엄군이 거리 곳곳에 바리케이드를 치고 날카로운 눈빛으
로 경계를 섰다. 신문에서만 봤던 탱크도 서 있었다. 다행히
군인들은 길을 막거나 위협적으로 굴지는 않았다. 아버지는
당당하게 그 앞을 걸어갔다.

서울대학교 근처에 있는 교수회관에 도착하자 많은 사람이
모여 있었다. 그리고 양복을 입은 한 무리의 사람들이 현수막
을 앞세우고 천천히 걸어갔다. 윤향이가 현수막의 글씨를 천

천히 읽었다.

"학생의 피에 보답하자."

아버지가 말했다.

"교수들도 참다못해 일어난 거지. 지난주 화요일에 얼마나 많은 학생이 죽고 다쳤니."

"맞아요. 그래서 사람들이 피의 화요일이라고 부르잖아요."

그렇게 많은 사람이 죽었는데도 정부는 반성하지 않고 시간만 끌고 있었다. 부정선거의 원인 제공자인 이기붕 역시 사퇴를 고려한다는 말장난만 치고 있어서 윤향이는 분노가 부글거렸다. 하지만 길거리에는 군인들이 눈을 부릅뜨고 지키고 있어서 섣불리 나설 수도 없었다.

신문에는 연일 이번 일에 대한 정치인들과 관료들의 주장이 나오고 있고 미국이 이번 비극을 주시하고 있다는 소식도 들려왔지만 어떤 움직임이 있는지는 알 수 없었다. 그런 가운데 학생들의 희생을 목격한 교수들이 이제야 움직인다고 하자 윤향이는 기쁨보다는 반감이 앞섰다. 그래서 저도 모르게 날 선 말을 내뱉고 말았다.

"그러면 왜 그때가 아니라 지금에야 움직이는 건데요?"

발끈한 윤향이에게 아버지가 대답했다.

"그건 말이야, 오늘이 월급날이라서 다같이 모일 수 있었다고 하더라. 어쨌든 교수들까지 나섰으니까 부정선거를 저지른 이번 정권은 끝난 거나 다름없어. 두고 봐라."

아버지가 행진하는 교수들을 바라보며 덧붙였다.

"근처에 경찰들이 얼씬도 하지 않고 군인들도 막아서지 않잖아."

아버지의 말대로 현수막을 앞세운 교수들의 시위 행렬 앞에는 아무도 없었다. 멀찌감치 경찰차가 있긴 했지만 교수들을 막아서려는 모습은 보이지 않았다. 윤향이는 감탄했다.

"정말 그러네요."

윤향이가 아버지와 함께 지켜보는 가운데 교수들의 시위 행렬 뒤로 일반 시민과 학생이 차근차근 따라붙었다. 윤향이와 아버지처럼 지켜보고 있다가 합류한 것이다. 시위대는 국회의사당이 있는 태평로로 움직였다. 아버지가 윤향이에게 말했다.

"우리도 같이 갈까?"

"네."

윤향이는 아버지와 함께 시위대를 따랐다. 삽시간에 수천 명으로 늘어난 시위대는 구호를 외치고 박수를 치면서 길을 걸었다. 군인들은 잠자코 지켜봤고, 경찰들도 감히 나서지 못했다. 시위대는 평화롭게 태평로까지 향했고, 소식을 들었는지 중간중간 합류하는 사람이 차츰 더 늘어났다. 해가 저물고 있었지만 어둠 속에서도 희망을 향한 사람들의 발걸음은 멈추지 않았다.

국회의사당 앞에 도착한 교수들은 경찰과 군인들이 지켜보는 가운데 구호를 외치고 시국 선언문을 낭독했다. 불어난 사람들 탓에 가까이 가지 못한 윤향이 귀에는 제대로 들리지 않았지만 한 구절만은 똑똑히 들렸다.

"대통령을 위시하여 국회의원 및 대법관 등은 그 책임을 지고 물러나지 않으면 국민과 학생들의 분노는 가라앉기 힘들 것이다."

그 뒤로 선거를 다시 하라는 주장과 부정선거를 저지른 주모자들을 중형에 처해야 한다는 구절들이 낭독될 때마다 사람들은 환호성을 지르며 박수를 쳤다. 마지막은 학생들에게 이성을 지켜서 속히 학업에 복귀하라는 내용이었다. "단기

4293년 4월 25일 대학교수단"이라는 외침을 끝으로 시국 선언문 낭독을 마친 교수들은 일사불란하게 구호를 외치다가 해산했다. 흩어지는 교수들을 향해 시위대가 큰 박수와 환호를 보냈다. 윤향이 역시 눈물을 글썽거리며 박수를 쳤다. 그리고 아버지에게 말했다.

"저분들이 꺼져가던 저항의 불을 다시 지폈네요."

"아니."

짧게 대답한 아버지가 교수들의 뒷모습을 바라보면서 덧붙였다.

"저항의 불은 작아진 적이 없었단다. 우리 가슴속에서 항상 불타고 있었으니까."

아버지의 말을 들은 윤향이가 사람들을 바라봤다. 지팡이를 짚은 허리 구부정한 노인부터 코흘리개 아이들까지 생김새와 나이, 옷차림은 모두 달랐지만 가슴속에 뜨거운 불을 담아둔 게 보였다. 정의라는 이름의 불은 활활 타올라서 총알과 최루탄에 맞서 싸우는 용기를 보여줬다. 울컥한 윤향이에게 아버지가 말했다.

"오늘은 이만 돌아가자."

"그냥요?"

"내일 결판이 날 거다. 아마 지난주 화요일보다 더 많은 사람이 피를 흘려야 할 거다."

"저는 싸울 거예요, 아버지."

"그러니까 오늘은 돌아가서 푹 자자꾸나. 그래야 기나긴 내일을 버틸 수 있지 않겠니?"

아버지의 말을 들은 윤향이는 고개를 끄덕였다.

"알겠어요."

윤향이는 아버지와 함께 돌아서서 집으로 향했다. 뒤로는 남아 있는 시위대의 힘찬 구호가 들려왔다.

"대통령은 사과하고 퇴진하라!"

"부통령은 물러나라!"

"살인 경찰 구속하라!"

"부정선거 책임자를 처벌하라!"

집으로 돌아온 아버지와 윤향이는 어머니가 만든 음식으로 다 같이 식사를 했다. 식사를 마친 가족은 오후에 배달된 신문을 함께 읽었다. 아버지가 신문의 1면부터 읽어줬다.

"이승만 대통령이 정당에서 완전히 손을 떼겠다는 담화문을 발표한 모양이구나."

"자유당 말인가요?"

"그런 것 같다. 그리고 이번 일에 대한 책임을 지고 국무위원들의 사표를 받고 국민들의 지지와 신망을 얻는 인물들을 선임할 거라고 발표했어."

"그런 사람들이 지금 이 상황에서 대통령 밑에서 일하겠어요?"

"담화문을 또 발표했는데 내용을 살펴볼까? 지난 4월 19일에 일어난 놀라운 사태는 우리 국민들의 가슴에 깊은 상처를 남겨주었으며……."

긴 담화문의 내용을 다 읽은 아버지가 한숨을 쉬고는 신문을 접어서 구석에 던졌다.

"아무래도 대통령은 물러날 생각이 없는 모양이구나."

"정말이요? 자기 때문에 사람들이 이렇게나 많이 죽었는데……."

윤향이가 말을 잇지 못하자 아버지가 한숨을 길게 내쉬었다.

"자유당과의 관계를 끊는다고 하면서 은근슬쩍 책임을 떠

넘기고 있어. 나이가 들더니 아무래도 욕심이 많아진 모양이 야. 내일 많은 사람이 피를 흘릴 것 같구나."

아버지가 말하는 동안 통금을 알리는 사이렌 소리가 들렸 다. 내일 새벽 5시까지 집 밖으로 나오지 말라는 녹음된 목소 리가 사이렌 소리 중간중간에 들려왔다. 아버지는 어두워진 하늘을 바라보다가 윤향이에게 시선을 돌렸다.

"어서 들어가서 자라."

어머니는 설거지를 하러 부엌으로 들어갔다. 방으로 들어 간 윤향이는 어머니에게 편지를 썼다.

어머니, 어머니가 무엇을 걱정하시는지 너무나 잘 압니다. 하지 만 나라가 위기에 처하고 수많은 학생이 죽어간 이 시국에 나이 어린 소녀라고 해도 뒤로 물러나서 지켜볼 수는 없습니다.

오늘 교수들의 시위를 계기로 시민들은 다시 저항에 나설 것입 니다. 내일 정의가 승리할지 불의가 승리할지 결정될 겁니다. 저 는 부모님에게 배우고 학교에서 교육받은 대로 나라를 사랑하 는 마음을 실천할 생각입니다.

어머니, 저는 철부지 어린 소녀입니다. 세상 물정도 모르고 경제도 모릅니다. 북한이 무언지 모르고, 어떻게 해야 잘 사는 건지도 모릅니다. 하지만 무엇을 해야 하는지는 잘 알고 있습니다.

눈앞에서 사람이 총에 맞아 쓰러지는 것을 봤습니다. 무섭고 두렵다고 견디지 못하고 도망친다면 세상은 결코 나아지지 않을 것입니다. 저는 세상이 무너지지 않게 버티려는 사람들의 마음을 보았습니다. 그들은 최루탄의 연기에 고통스러워하고 총에 맞아 쓰러지면서도 끝까지 저항했습니다. 눈물과 피를 쏟으면서도 구호를 외치고 앞으로 나아가려 했습니다. 저는 어리고 미숙하지만 보고 느끼고 깨달았습니다. 부정한 선거를 바로잡고 나라를 다시 세우기 위해서는 싸워야 한다는 사실을요.

어머니, 번번이 약속을 어겨서 죄송합니다. 하지만 저도 결코 물러나지 않겠습니다. 제가 보고 들은 것들, 제가 지켜본 죽음들을 떠올리면 세상이 그냥 좋아지기만을 편안하게 집에서 기다릴 수만은 없습니다.

그동안 길러주셔서 고맙습니다. 사랑해요, 어머니. 사랑합니다.

8장

4월의 꽃보다
아름다운, 우리

_4월 26일 승리의 태평로

아침 일찍 눈을 뜬 윤향이는 조심스럽게 교복을 입었다. 아버지와 함께 나갈까 했지만 혼자서 가기로 했다. 혹시나 같이 있다가 둘다 총에 맞을 수도 있다는 생각을 한 것이다.

윤향이는 조용히 대문을 열고 밖으로 나왔다. 길거리에 쌓인 연탄재들이 윤향이를 배웅해주는 것 같았다.

큰길로 나오자 윤향이처럼 시위를 하러 나온 사람들로 가득했다. 그들은 마치 보이지 않는 누군가에게 이끌리듯 종로 쪽으로 향했다. 그때 뒤에서 누군가가 윤향이의 이름을 불렀다.

"윤향아!"

윤향이가 고개를 돌리자 교복 차림의 지숙이가 있었다. 약속도 하지 않았던 둘은 서로 끌어안고 펄쩍거리며 뛰었다.

"며칠 만에 봤는데 거의 일 년 만에 보는 것 같네."

지숙이의 말에 윤향이가 팔뚝을 치면서 대답했다.

"그걸 말이라고 해? 그런데 왜 나온 거야?"

"그러는 너는?"

지숙이의 물음에 윤향이가 스쳐 지나가는 사람들을 바라보면서 대답했다.

"저 사람들이랑 같은 마음이지."

"어제 교수님들이 모여서 데모했다며?"

"응, 아버지랑 같이 가서 봤어."

윤향이의 말에 지숙이가 살짝 눈을 흘겼다.

"그 좋은 구경을 혼자서만 했니?"

"대신 오늘은 둘이 함께하자."

윤향이의 대답에 지숙이가 밝은 표정으로 대답했다.

"그래."

둘은 구호를 외치는 사람들과 함께 나란히 걸었다. 시위에 나선 사람들의 표정은 하나같이 맑고 가벼웠다. 윤향이와 지숙이도 활짝 웃으면서 그들 사이를 걸었다. 말을 끌고 가던 마부도 멈춰 서서 손을 높이 치켜들고 환호성을 질렀다. 놀란 말이 푸르륵거리며 머리를 터는 모습이 귀여워서 길을 가던 사람들이 가볍게 웃음을 지었다.

청계천을 따라 걷는데 사람들이 점점 늘어났다. 대학생, 고등학생, 중학생, 시민들은 물론 까까머리 국민학생들도 여기저기에서 보였다. 지숙이가 주변을 돌아보며 말했다.

"서울 사람들 다 나온 것 같네. 이렇게 많은 사람은 처음 봐."

"몇만 명은 되겠어. 민심이 이래서 무섭다고 하나 봐."

곳곳에는 계엄군이 있었다. 소총에 총검을 꽂은 군인들이 철모를 푹 눌러쓴 채 지나가는 시민들을 바라봤다. 하지만 경찰과는 달리 위협적인 모습은 보이지 않았다.

곳곳에서 구호가 터져 나왔다. 부정선거를 규탄한다는 처음 구호와는 달리 대통령은 물러나고 부정선거 책임자를 처벌하라는 내용이 대부분이었다. 어제 교수들의 시위에서 나온 구호가 영향을 미친 것 같았다. 둘은 무작정 그들을 따라갔다가 누군가가 외치는 소리를 들었다.

"파고다공원에 있는 이승만 동상을 때려 부숩시다."

주변에 있는 몇 명이 방향을 틀어서 파고다공원으로 발걸음을 돌렸다. 파고다공원은 윤향이와 지숙이에게 익숙한 장소였다. 작년에는 거기서 했던 3·1만세 운동 기념식에 참석했었고, 시위 첫날에도 가본 적이 있었기 때문이다.

파고다공원 주변은 사람들로 붐볐다. 군인들이 탄 지프가 도로 곳곳에 있었지만 제지를 하거나 막아서지는 않았다. 다만 불에 타버린 경찰서나 관공서는 모래주머니를 쌓아두고 출입을 막는 중이었다.

무표정하게 서 있는 군인들을 지나서 파고다공원 안으로 들어가자 사람들이 가득했다. 지숙이가 발뒤꿈치를 들고 팔각정 쪽을 바라봤다.

"저기 봐! 밧줄로 동상을 끌어내리고 있어."

"가까이 가보자."

둘은 손을 꼭 잡고는 사람들을 헤치고 팔각정 쪽으로 갔다. 팔각정 앞에는 높은 좌대에 양복 차림의 이승만 대통령 동상이 서 있었다. 동상은 여러 개의 밧줄에 묶여서 당겨지는 중이었다. 그 와중에도 돌이 계속 날아가서 동상을 맞혔다. 지켜보던 윤향이가 지숙이에게 말했다.

"우리도 밧줄을 당기자."

"그래."

윤향이는 지숙이와 함께 밧줄을 당기러 갔다. 그리고 빈틈을 찾아서 밧줄을 잡았다. 안경을 쓰고 와이셔츠를 입은 청년이 외쳤다.

"그냥 당기면 안 넘어지니까 다 같이 맞춰서 당깁시다. 셋에 당겨요. 하나! 둘! 셋!"

셋이라는 외침이 들려오자 둘은 이를 악물고 힘껏 밧줄을 당겼다. 그러자 굳게 서 있던 동상이 서서히 옆으로 기울었다. 동상이 넘어간다는 외침에 둘은 고개를 들었다. 기울어진 동상은 마침내 자욱한 먼지를 날리며 바닥에 떨어졌다. 엄청난 함성과 함께 사람들이 넘어진 동상 주변으로 몰려갔다. 그리고 동상에 발길질을 하고 침을 뱉었다.

잠시 후 사진기자가 다가와서 사진을 찍어야 한다며 다들 비켜달라고 외쳤다. 사람들이 뒤로 물러나자 사진기자가 카메라의 셔터를 눌렀다. 꼬마들이 몰려와서 동상에 손가락질을 하며 카메라를 바라봤다. 윤향이도 쓰러진 동상을 보면서 지숙이에게 말했다.

"정말 속이 시원하네."

"그러게."

동상을 넘어뜨린 시위대는 〈애국가〉를 불렀다. 윤향이와 지숙이도 목청껏 따라 불렀다. 동상을 넘어뜨릴 때 구호를 외쳤던 청년이 동상을 밟고 서서 외쳤다.

"동상은 쓰러졌지만 대통령은 아직 쓰러지지 않았습니다. 아직 싸움이 끝나지 않았습니다. 이제 마지막 싸움을 하러 갑시다."

다들 박수를 치고 환하게 웃으며 파고다공원을 빠져나왔다. 윤향이와 지숙이도 정문을 나왔다.

파고다공원 밖에는 전차들이 모두 운행을 중단했는지 보이지 않았고 버스만이 클랙슨을 울리며 지나가고 있었다. 버스에 빼곡하게 타고 있던 사람들은 다들 창문을 열고 구호를 외쳤다.

"학생들에게 총을 쏜 책임자를 처벌하라!"

"부정선거를 획책한 자들을 규탄한다!"

"대한민국을 다시 세우자!"

버스는 사람들을 가득 태웠지만 힘차게 달려갔다. 버스 밖

의 사람들은 박수와 함성을 보냈다. 버스는 빠른 속도로 광화
문 방향으로 움직였다.

　파고다공원 바로 옆에서는 근처 낙원시장 상인들이 사람들
에게 물과 주먹밥을 나눠주고 있었다. 윤향이와 지숙이도 사
람들 틈에서 밀려가다가 커다란 광주리에 주먹밥을 가득 담
은 아주머니와 맞닥뜨렸다. 아주머니는 두 사람에게 잎사귀
로 감싼 주먹밥을 하나씩 건네고 바가지로 물을 떠줬다.
　"이거 먹고 힘내. 다치지 말고."
　"고맙습니다."
　두 사람이 바가지에 담긴 물을 마시자 아주머니가 눈물을
글썽이며 둘의 머리를 쓰다듬어주었다.
　"아이고, 어떻게 이런 아이들에게 총을 쏴. 하늘도 무심하
시지."
　윤향이와 지숙이는 아주머니에게 인사를 하고는 다시 시위
에 나섰다. 시위대를 따라서 자연스럽게 광화문 사거리에 도
착한 두 사람은 동아일보 사옥 앞에서 잠시 쉬었다.
　사옥 앞에서는 호외를 나눠주고 있어서 사람들이 잔뜩 모

여 있었다. 고등학교 교복을 입은 학생들이 직접 만든 태극기도 나눠주고 있었다. 작게 쪼갠 대나무에 종이를 붙여서 만든 자그마한 태극기였다. 윤향이는 그 태극기를 받아들고는 조심스럽게 펄럭거려보았다.

윤향이와 지숙이는 동아일보 맞은편의 국제극장 앞 분수대로 향했다. 아침부터 무작정 걸은 탓에 지친 것이다. 거기에는 두 사람처럼 시위를 하다가 지친 사람들이 모여서 쉬고 있었다. 그 앞의 황토마루 정류장에서는 탱크들과 군인들이 시위대를 지켜보고 있었지만 경찰들이 있었을 때의 긴장감은 보이지 않았다.

군인들은 시위대를 지켜보기만 할 뿐 경찰처럼 막아서거나 방해하지 않았다. 그러자 시위대가 슬금슬금 접근했다. 두 사람도 시위대에 휩쓸려 황토마루 정류장 쪽에 있는 군인들에게 다가갔다. 얼굴에 검은색 위장 크림을 바른 군인들은 가까이 오지 말라고 고함을 치긴 했지만 사람들을 적극적으로 말리지는 않았다. 그 모습에 용기를 낸 윤향이가 외쳤다.

"저기 올라가요."

왜 그런 말을 했는지 모르겠지만 사람들은 윤향이의 말을 듣자마자 탱크에 개미 떼처럼 올라갔다. 쇳덩어리인 탱크는 생각보다 높았다. 사람들이 떠받쳐주긴 했지만 윤향이는 탱크에 쉽게 올라가지 못하고 버둥거렸다. 그때 탱크 뚜껑이 열리더니 군인이 윤향이에게 손을 내밀었다. 윤향이가 그 손을 잡고 위로 올라가자 시위대가 환호성을 지르며 박수를 쳤다. 윤향이의 뒤를 따라 지숙이도 탱크에 올라탔다. 삽시간에 탱크에는 사람들이 가득 올라타 버렸다. 중절모에 두루마기를 입은 중년 남자가 윤향이를 끌어올려 준 군인에게 말했다.

"군인 양반, 우리에게 총을 쏠 건가?"

질문을 받은 군인은 고개를 저었다.

"어르신, 국군은 국민을 지키기 위해서 총을 듭니다. 계엄사령관님도 함부로 발포하지 말라고 엄격하게 명령하셨습니다."

대답을 들은 중년 남자가 한숨을 내쉬었다.

"경찰들처럼 총을 마구 쏴댈 줄 알았는데 다행이네. 고맙네, 정말 고마워."

"탱크가 무쇠 덩어리라 다치기 쉽습니다. 다들 조심하십시오."

정중하게 얘기한 군인이 뚜껑을 닫고 안으로 들어갔다. 그리고 마치 시위대를 응원하는 것처럼 크게 부릉거렸다. 탱크가 살짝 움직이자 사람들은 환호성을 질렀다. 윤향이도 지숙이에게 말했다.

"놀이공원에 온 것 같아."

"그러게, 너무 신나는데."

지나가는 사람들이 탱크에 올라탄 시위대를 보고 박수를 치면서 응원해주었다. 탱크에 올라탄 시위대는 신이 나서 태극기를 흔들며 구호를 외쳤다.

"우리는 승리한다!"

"부정선거를 처벌하고 재선거를 실시하라."

"경찰들은 함부로 총을 쏘지 마라!"

"국민들의 피를 보상하라! 발포 경찰을 체포하라."

탱크에 올라탄 시위대의 구호를 지나가는 시민들이 따라서 외쳤다. 탱크에서 신나게 구호를 외치던 윤향이는 같이 올라탄 사람들에게 떠밀려서 휘청거렸다.

"어머!"

탱크에서 떨어질 뻔했던 윤향이는 겨우 균형을 잡았다. 아래를 내려다보니 탱크 앞쪽의 운전석 같은 곳에서 몸을 내민 군인이 윤향이의 다리를 잡고 있었다.

"고맙습니다, 군인 아저씨."

"떨어지면 크게 다친다. 조심해."

무뚝뚝하게 말한 군인이 덧붙였다.

"몇 살이야?"

"열네 살이요."

"막내 여동생이랑 동갑이네. 이제 그만 내려가라. 전차장님이 이동해야 한다고 하셨어."

"네."

탱크에서 폴짝 뛰어내린 윤향이는 자신을 잡아준 군인에게 꾸벅 고개를 숙였다.

"감사합니다."

"조심해라."

"네."

탱크에서 내린 사람들은 지나가는 시위대를 따라 중앙청이나 국회의사당으로 향했다. 윤향이는 사람들을 지켜보다가 지숙이에게 말했다.

"중앙청으로 가자."

"그래."

중앙청으로 향하는 넓은 도로는 사람들로 가득했다. 그들은 노래를 부르고 박수를 치면서 걸음을 옮겼다. 중간에 우남^{이승만의}호회관이라는 이름으로 세워지고 있는 시민회관이 보였다.

중앙청 앞에는 방독면을 쓴 군인들이 잔뜩 모여 있었다. 시위대가 다가가자 군인들은 최루탄을 쐈다. 펑펑 소리와 함께 매캐한 연기가 퍼졌다. 이미 최루탄에 당해봤던 윤향이와 지숙이는 뒤도 돌아보지 않고 덕수궁 맞은편에 있는 서울시청까지 도망쳤다. 윤향이가 숨을 돌리고 있는데 지숙이가 소매를 당겼다.

"저쪽에 사람들이 많이 모여 있어."

"어디?"

"저기 보신각 쪽."

지숙이가 알려준 곳을 바라보니, 다른 곳보다 더 많은 사람이 모여 있었다. 둘은 최루탄의 연기를 피해 그쪽으로 가기로 했다.

보신각 쪽에서는 한 무리의 사람들이 무언가를 둘러싸고 있었다. 키가 크지 않은 윤향이와 지숙이는 무엇이 있는지를 보기 위해 사람들을 헤치고 안으로 들어갔다. 그리고 사람들이 에워싸고 있는 것을 마주하고는 둘 다 동시에 감탄했다.

"맙소사."

"어머나."

국민학생들이었다. 까까머리의 어린아이들이 현수막 아래에서 어깨동무를 하고 시위를 벌이고 있었다. 윤향이는 현수막의 글씨를 또박또박 읽었다.

"경찰 아저씨들, 부모 형제들에게 총부리를 대지 말라."

옆에 있던 지숙이도 중얼거렸다.

"대견하네."

주변을 둘러싼 어른들도 하나같이 대견하다면서 칭찬을 했다. 아이들은 앳된 목소리로 구호를 외쳤다. 그 목소리가 오히려 너무나 처절해서 서글픈 생각까지 들었다.

아이들 앞에는 선생님으로 보이는 어른들이 있었다. 그들은 아이들의 안전에 신경 쓰는 듯했다. 어깨동무를 하고 구호를 외치던 학생들이 움직이기 시작했다. 현수막을 든 학생들이 앞장서서 국회의사당 방향으로 걸었다. 어른들은 좌우로 물러나서 길을 만들어줬다.

지나가던 신문사 지프가 급정거를 했다. 그리고 헌팅캡을 쓴 사진기자가 창문으로 나와서 자동차 지붕으로 올라가더니 카메라를 들었다. 뒤쪽에는 중앙청, 가운데에는 현수막을 든 국민학생들 그리고 양쪽에는 길을 터준 시위대가 있었다. 사진기자는 이 광경을 정신없이 찍더니 보닛을 밟고 아래로 내려왔다. 그리고 반바지를 입고 모자를 쓴 국민학생에게 다가갔다.

"너희들 어느 학교에서 나왔니?"

"수송국민학교입니다."

"어쩌다 위험한 시위에 나선 거니?"

기자의 물음에 까까머리 아이가 크게 외쳤다.

"우리 학교 6학년 한승이가 19일에 경찰이 쏜 총에 맞아 죽었어요. 그리고 사람들이 너무 많이 죽었어요. 제발 국민들에게 총을 쏘지 마세요."

반바지를 입은 아이의 절규에 다른 아이들이 큰 소리로 외쳤다.

"한승이를 살려내라!"

"언니 오빠들을 죽이지 말아요!"

"우리에게 총을 쏘지 마세요!"

아이들의 구호는 곧 어른들에게 퍼져나갔다. 아예 몇 명은 사진을 찍은 신문사의 지프에 올라가서 구호를 외쳤다. 멀리서 여전히 총소리와 최루탄 터지는 소리가 들렸지만 사람들은 더 이상 겁을 내지 않았다. 어린아이들까지 나섰고 군인들이 적극적으로 막지 않는다는 것에 용기를 낸 것이다.

윤향이는 주먹을 불끈 쥐고는 구호를 따라 외쳤다. 수송국민학교 학생들은 사람들 사이를 뚫고 서서히 움직였다. 어디로 가느냐는 누군가의 물음에 인솔 교사가 외쳤다.

"국회의사당으로 갑니다."

어른들은 마치 호위를 하는 것처럼 국민학생들 주변을 둘러싸고 천천히 따라갔다.

시위대는 보신각을 거쳐서 태평로로 향했다. 나무 전봇대가 줄지어 있는 도로에서는 탱크에 올라탄 시위대가 환호성을 질렀다. 군인들도 딱히 말리지는 않았고 가끔 보이는 경찰들도 더는 막아서지 못했다.

수송국민학교 학생들이 주축이 된 시위대는 국회의사당 앞에 도착했다. 원래 시위 중이던 시위대까지 합세하면서 숫자는 수만 명으로 늘어났다.

"국회는 반성하라!"

"잘못한 선거를 바로잡아라!"

"민주주의를 수호하자!"

시간이 지나면서 시위대가 점점 늘자 구호를 외치는 소리는 엄청나게 커졌다. 그때 서울역 방향에서 지프 한 대가 빠른 속도로 달려오면서 종이를 마구 뿌렸다. 사람들이 종이를 집어서 읽고는 갑자기 만세를 불렀다. 다른 사람들도 어리둥절해하면서 하나둘씩 종이를 집어 들었다. 그러고는 왈칵 울음을 터뜨리거나 방방 뛰면서 환호성을 질렀다. 그러자 윤향이가 지숙이에게 물었다.

"왜 저러는 거지?"

지숙이도 모르겠다고 대답하는데 종이가 바람을 타고 날아왔다. 급하게 인쇄한 듯한 호외라는 글자가 찍혀 있었다.

"이 대통령 하야 용의 성명, 선거도 다시 하겠다."

윤향이가 호외의 제목을 읽자 지숙이가 놀란 표정으로 물었다.

"정말이야?"

윤향이는 고개를 끄덕이며 제목 아래 기사를 읽어주었다.

"국민이 원한다면 대통령직을 사임하겠다는 중대 성명을 발표하였다. 이날 발표된 이 대통령의 성명 요지는 다음과 같다. 일, 국민이 원한다면 대통령직을 사임하겠다. 이, 3월 15일 선거가 많은 부정이 있다고 하니 다시 선거하겠다. 삼, 국민이 원한다면 내각책임제로 하겠다."

짧은 내용이었지만 사람들을 기쁘게 하기에 충분했다. 사람들은 만세를 부르고 서로를 얼싸안았다. 윤향이도 지숙이와 끌어안은 채 펄쩍펄쩍 뛰었다.

"이겼다! 우리가 이겼다!"

"민주주의가 승리했다."

수송국민학교 학생들도 다들 기뻐했다. 몇 명은 한승이의 이름을 부르면서 울었다. 윤향이는 그들의 어깨를 토닥여주었다.

"고마워. 너희들 덕분이야."

둘은 홀가분한 마음으로 집이 있는 명륜동으로 향했다. 이 승만 대통령의 사임이 발표된 이후 거리의 분위기는 많이 달라졌다. 빗자루를 들고 나와서 도로의 쓰레기를 치우는 사람들이 보였다. 몇 명은 무리 지어 아까와는 다른 구호를 외쳤다.

"질서 유지! 질서 유지!"

"거리를 깨끗하게 청소합시다!"

"시민들이여! 질서를 지킵시다."

사람들은 서로 웃으면서 지나갔다. 윤향이와 지숙이도 쓰레기를 주우면서 집으로 갔다. 전파사에서 내놓은 라디오에서는 이승만 대통령의 중대 발표가 반복해서 흘러나왔다.

나는 해방 후 본국에 들어와서 우리 여러 애국애족하는 동포들과 더불어 잘 지내왔으니 이제는 세상을 떠나도 한이 없으나, 나는 무엇이든지 국민이 원하는 것만 알면 민의를 따라서 하고자 한 것이며 또 그렇게 하기를 원하는 것이다.

보고를 들으면 사랑하는 우리 청소년 학도들을 위시하여 우리 애국애족하는 동포들이 내게 몇 가지 결심을 요구하고 있다 하니 여기에 대해서 내가 아래 말하는 바를 할 것이며, 한 가지 내가 부탁하고자 하는 바는 이북에서 우리를 침략하려고 공산당이 호시탐탐하게 기다리고 있다는 것을 명심하고 그들에게 기회를 주지 말도록 힘써주기를 바라는 바이다.

첫째는 국민이 원하면 대통령직을 사임할 것이며,
둘째는 지난번 정·부통령 선거에 많은 부정이 있었다고 하니 선거를 다시 하도록 지시하였고,
셋째는 선거로 인연한 모든 불미스러운 것을 없애게 하기 위해서 이미 이기붕 의장이 공직에서 완전히 물러가겠다고 결정한 것이다.
넷째는 내가 이미 합의를 준 것이지만 만일 국민이 원하면 내각책임제 개헌을 할 것이다.

이상은 이번 사태를 당해서 내가 굳게 결심하는 바이니 나의 이 뜻을 사랑하는 모든 동포들이 양해해주어서 이제부터는 다 각각 자기들의 맡은 바를 행해나가며 다시

질서를 회복시키도록 모든 사람이 다 힘써주기를, 내가 사랑하는 남녀 애국 동포들에게 간곡히 부탁하는 바이다.

지숙이가 라디오를 들으면서 중얼거렸다.

"이제 실감이 나네."

"그러게."

윤향이와 지숙이는 갈림길 앞에 멈췄다. 윤향이가 지숙이의 손을 잡았다.

"며칠 동안 고생 많았어."

"학교에서 보자."

둘은 각자의 집으로 향했다.

골목길 안쪽의 작은 구멍가게에는 지난주 화요일에 만났던 지게꾼 아저씨들이 평상에서 막걸리를 마시고 있었다. 밀짚모자를 쓴 아저씨가 동료에게 큰소리를 쳤다.

"거봐, 내 말대로 됐지."

"그러게. 군대가 시위대 편을 들어줄 줄은 몰랐어."

두 아저씨가 웃고 떠드는 소리를 들으면서 윤향이는 집으로 갔다. 그리고 대문 앞에서 아버지와 마주쳤다. 와이셔츠 차림의 아버지는 머리에 '부정선거 규탄'이라고 적힌 머리띠를 두르고 손에는 태극기를 들고 있었다.

"아버지."

윤향이의 목소리를 들은 아버지가 담배를 끄고는 웃어 보였다.

"왔구나. 아침에 같이 나가려고 했는데 편지를 써놓고 먼저 나갔더구나."

"네, 늦으면 안 될 것 같아서요."

아버지는 포근한 미소와 함께 윤향이를 끌어안았다.

"어른들이 못 해서 너희들이 고생이 많았구나."

"아버지는 어디 계셨어요?"

"경무대에 갔었다. 아는 사람이 계엄사령관이랑 친분이 있어서 시민 대표와 대통령의 면담을 주선해달라고 부탁하러 갔었지."

아버지의 말을 들은 윤향이는 깜짝 놀랐다.

"진짜요?"

"그래. 다섯 명의 시민 대표가 대통령을 만나서 하야하라고 설득했고, 대통령이 승낙하면서 하야가 결정된 거야."

"정말 큰일을 하셨어요."

윤향이가 자랑스러운 표정으로 바라보자 아버지가 손사래를 쳤다.

"아니다. 너희 같은 학생들이 위험을 무릅쓰고 거리로 나와 준 덕분이야. 너희들이 아니었다면 어른들은 용기를 내지 못했을 거야. 너희들 덕분에 봄꽃보다 민주주의라는 꽃이 먼저 피었어. 이 꽃은 앞으로 더 아름답게 만개할 거다. 이제 큰일이 끝났으니까 내일은 나랑 같이 나가서 거리를 청소하는 게 어떻겠니?"

"좋은 생각이에요, 아버지."

윤향이의 대답에 아버지가 활짝 웃었다.

"어서 들어가자."

대문을 연 아버지가 소리쳤다.

"여보! 나왔소."

"어머니, 저 왔어요."

에필로그

어머니의 편지

귀여운 자녀들을 잃은 여러 어머니의 원통한 심정도 저와 매한 가지였을 것입니다. 자식이 먼저 세상을 떠났다고 나는 결코 불효자식이라고 탓하지 않겠습니다. 이번 우리의 귀여운 자녀들이 뿌린 피의 대가는 너무도 뜻밖의 일이었습니다. 철부지의 죽음이 너무 허무하다고 생각하면서도 그들의 죽음이 너무 갸륵했다는 것을 새삼스러이 깨달았습니다. (…중략…) 이미 세상을 등진 주열이에 대한 모든 부모의 희망은 사라졌지만 남은 광열이만이라도 하루속히 대학 공부를 시켜 사람 노릇을 시켜보겠다는 것이 이 어미의 간절한 소망입니다. (…중략…) 귀여운 자녀들을 잃은 어머니 여러분. 다 같이 눈물을 거둡시다. 다가오는 새 나라의 아침햇살을 받으며 그리고 자식들이 뿌린 따뜻한 선혈이 남긴 이 민족의 넋이 헛되지 않도록 내일의 새로운 세대를 뒷받침하는 이 나라의 어머니로서 다시 한번 옷깃을 여밉시다.

1960년 5월 8일자 〈경향신문〉에 실린
김주열의 어머니 권찬주의 인터뷰 기사 중에서

작가의 말

4·19 혁명은 한민족의 운명을 결정지은 중요한 사건이자 대한민국이 민주주의로 향하는 중요한 발걸음이었습니다. 제2차 세계대전 이후 광복하거나 독립한 국가들의 상당수는 진통 아닌 진통을 앓았습니다. 어제의 독립운동가이자 영웅이 오늘의 독재자가 된 것입니다. 독립을 하는 것만 생각했을 뿐, 그 이후에 어떻게 나라를 이끌어갈지에 대한 깊은 고민이 없었던 독립운동가는 권력 앞에서 추악한 내면을 드러냈습니다.

1919년 4월 상하이에서 결성된 대한민국 임시정부는 임시헌장의 마지막 조항에 국토 회복 후 일 년 이내에 국회를 소집하도록 했습니다. 임시헌장은 "대한민국은 민주공화제로 함"이라는 첫 번째 조항과 더불어 광복 이후 국가를 어떻게 통치할지에 대한 명확한 비전을 제시했다고 볼 수 있습니다.

하지만 안타깝게도 광복 이후 대한민국 정부를 통치한 이 승만 대통령은 권력을 포기하려고 하지 않았습니다. 그리고 여러 가지 방법을 써서 자신의 권력을 연장했습니다. 이른바 부정선거를 자행해서 민심을 어긋나게 만들려는 시도도 감행했습니다. 고무신과 막걸리로 대표되는 뇌물은 물론이고, 투표함을 바꿔치기하거나 야당 참관인을 쫓아내는 등 다양한 방법을 썼습니다. 이런 일련의 행동들은 당연히 국민들의 지지를 얻지 못했습니다.

결정적인 사건은 1960년 선거였습니다. 부통령 후보인 이기붕을 당선시키기 위해 온갖 무리수를 두었고, 결국 이에 반발한 학생들을 중심으로 2월 28일 대구에서 대대적인 시위가 벌어졌습니다. 하지만 정부는 공산주의자의 사주라고 거짓말을 하면서 시위를 강경하게 진압했습니다.

3월 15일 마산에서는 부정선거에 항의하는 대대적인 시위가 벌어졌고 경찰의 총격으로 적지 않은 사망자가 발생했습니다. 그리고 한 달 정도 지난 4월 11일 부둣가에서 얼굴에 최루탄이 박힌 김주열 군의 시신이 떠오르면서 민심은 다시금 폭발합니다. 남녀노소 가릴 것 없이 마산 시민 전체가 분노로 들끓게 되었던 것이죠. 하지만 이번에도 정부는 공산주의자의 사주에 의한 폭동이라면서 민심을 외면했습니다.

결국 4월 18일과 19일 서울에서 대대적인 시위가 벌어졌고 경찰의 총격으로 100여 명의 사망자가 발생했습니다. 같은 날 지방에서 벌어진 시위에서도 적지 않은 사상자가 발생했습니다. 정부는 이렇게 강경 진압을 하고 공산주의자의 사주에 의한 폭동이라고 매도를 하면 국민들도 넘어갈 것이라고 믿었습니다. 하지만 민심은 이미 돌아섰습니다.

4월 25일 교수들이 학생들의 희생을 헛되이 하지 말 것을 당부하면서 시위에 나섰고, 이를 계기로 다시금 시위가 일어납니다. 이미 미국도 강경 진압을 반대하고 있었고, 결정적으로는 계엄령이 발동되면서 투입된 군대 역시 이승만 대통령의 퇴진을 요구했습니다.

사면초가에 몰린 이승만 대통령은 결국 4월 26일 시민과 학생 대표와의 면담 이후 대통령직을 사임했습니다. 4·19혁

명이 완성되는 순간이었으며, 대한민국 시민들이 독재자를
몰아낸 첫 번째 사례가 되었습니다.

물론 4·19혁명은 그다음 해에 일어난 5·16쿠데타에 의해
빛이 바랬습니다. 하지만 저항의 정신은 면면히 이어지면서
결국 1987년 6·29선언까지 나왔습니다. 이후에도 민주주의
를 위협하는 시도는 많았지만 모두 실패로 돌아갔습니다. 왜
그럴까요? 그것은 저항하면 이길 수 있다는 4·19혁명의 기
억이 남아있기 때문일 것입니다.

민주주의는 피를 먹고 자란다는 말이 있습니다. 토머스 제
퍼슨의 말인 "자유의 나무는 때때로 애국자와 압제자의 피로
생기를 되찾는다"가 변형된 표현입니다. 민주화 과정에서 흘
린 피를 기억하자는 취지의 말이지요.

민주주의는 눈에 보이지 않으며 삶을 극적으로 바꾸지도
못합니다. 오히려 느리고 불편해 보일 수 있죠. 하지만 선거와
임기라는 제도를 통해 독재자의 출현을 막는 것만으로도 민
주주의는 모든 역할을 다한 것입니다. 그걸 지키고 이어가는
것은 시민들의 몫입니다. 자유로운 공화국의 시민으로 사는

것과 독재국가의 그늘 속에서 숨도 제대로 못 쉬고 사는 것에는 엄청난 차이가 있습니다. 인간의 영혼은 항상 자유를 꿈꿀 수밖에 없기 때문입니다. 그래서 기나긴 역사 속에서 인간은 저항을 멈추지 않았고, 그 결과물이 바로 민주주의입니다.

저는 이 글을 쓰기 위해 2·28대구 의거와 3·15마산 의거 그리고 그 뒤를 이은 서울의 시위 과정을 담은 자료들을 정말 많이 봤습니다. 거기서 느낀 것은 '헌신과 희생'입니다. 당시 사람들은 대부분 하루 벌어서 하루 먹고살기도 바빴습니다. 그런데도 부정한 방법으로 선거 결과를 바꾸는 것에 분노했고 얼굴도 모르는 누군가의 자식이 죽었다는 사실을 그냥 넘어가지 않았습니다. 하나밖에 없는 목숨을 걸고 경찰들의 저지선을 뚫었고 최루탄 연기를 견뎠습니다. 그리고 그 결과 독재자를 몰아내고 자유를 쟁취했습니다.

그 덕분에 대한민국은 여러 차례의 위기를 넘기고 동아시아에서 가장 선진적인 민주주의 정치 체제를 가지게 되었습니다. 4·19혁명은 대한민국의 경제적, 문화적 번영의 시작점이자 자유를 꿈꾸는 국가들의 이상적인 모델이 된 것이죠. 미얀마 시민들이 군부 독재에 저항할 때 내세운 구호는 다름 아닌 "우리가 승리하면 대한민국, 패배하면 북한이 될 것이다" 입니다. 우리는 미얀마 시민들이 목숨 걸고 투쟁해야만 얻을 수 있는 민주주의를 이미 가지고 태어난 것입니다. 그 모든 것의 시작에 4·19혁명이 있다는 말씀을 드리고 싶습니다.

김주열 군의 어머니 권찬주 여사가 1960년 5월 8일 〈경향신문〉 기자와 인터뷰한 내용에는 여러 가지 생각할 지점이 있습니다. 무엇보다 의연하고 담담하게 자식의 죽음을 받아들였다는 점입니다. 만약 제가 자식을 이런 식으로 잃었다면 도저히 보일 수 없는 모습입니다. 어머니의 위대함과 끝없는 사랑을 다시금 느꼈습니다. 그리고 〈경향신문〉과 인터뷰를 했다는 것도 인상적입니다. 〈경향신문〉은 일 년 전인 1959년 이승만 정권에 의해 강제로 발행이 중지되는 아픔을 겪었기 때문입니다. 이 인터뷰는 독재의 상처가 아물어가는 상징적인 장면인 것 같아서 에필로그로 넣었습니다.

아울러 역사는 과거가 현재에게 보내는 편지라고 믿습니다. 잘못된 것을 알려주고 기억해야 할 것을 되새겨주는 편지는 우리의 인생을 올바른 길로 이끌어주기 때문이죠. 피와 고통으로 얼룩진 역사 덕분에 우리는 자유로운 세상에서 살아갈 수 있게 되었습니다. 다시금 4·19혁명을 위해 애써주신 모든 분들께 감사함을 전합니다.

(생각학교 클클문고)

그해, 4월

초판 1쇄 인쇄 2026년 4월 10일
초판 1쇄 발행 2026년 4월 19일

지은이 | 정명섭

발행인 | 박재호
주간 | 김선경
편집팀 | 허지희
마케팅팀 | 김용범

디자인 | 형태와내용사이
종이 | 세종페이퍼
인쇄 · 제본 | 한영문화사

발행처 | 생각학교
출판신고 | 제25100-2011-000321호
주소 | 서울시 마포구 양화로 156(동교동) LG 팰리스 612-2호
전화 | 02-334-7932 팩스 | 02-334-7933
전자우편 | 3347932@gmail.com

ⓒ 정명섭 2026

ISBN 979-11-93811-73-3 (43810)